孤高なパイロットはウブな偽り妻を溺愛攻略中〜ニセ婚夫婦!?〜

未華空央

STARTS
スターツ出版株式会社

目次

孤高なパイロットはウブな偽り妻を溺愛攻略中～ニセ婚夫婦!?～

特別書き下ろし番外編

孤高なパイロットは
ウブな偽り妻を溺愛攻略中
～ニセ婚夫婦!?～

1、空と飛行機に魅せられて

セルリアンブルーの空に浮かぶ綿菓子のような雲。

そこに飛び立っていった一機の旅客機を見上げ、すぐに手元のポストカードに、目に映る空の姿を鉛筆で描いていく。

十月の快晴日。

羽田(はねだ)空港のB滑走路に沿うように造られている公園の片隅で、私、三森真白(みもりましろ)は大好きな創作活動に没頭中。

毎朝出勤前にここに立ち寄り、自分で決めた三十分間だけ絵を描いている。私にとって心が整う、大切な時間なのだ。

「あっ、いけない。そろそろ行かなきゃ」

うっかり没頭しすぎて時間を忘れそうになることもしばしば。

慌てて片付けをし、停(と)めておいた自転車にまたがった。

公園を後にして向かう先は、東京国際空港——日本の玄関口である、羽田空港だ。

私は羽田空港でグランドスタッフとして勤務している。

高校を卒業してから専門学校に通い、グランドスタッフとして勤められる大手航空会社『ＪＳＡＬ（ジャパンスターエアライン）』の子会社に就職した。二十一歳のときに入社し、今年で早五年になる。

羽田空港から自転車で三十分ほど走ったところに、今も住む私の生まれ育った家がある。

家の二階のベランダからも旅客機が飛び立っていくのがよく見えて、私は幼い頃からそれを見るのが大好きだった。

朝も昼も夜も。晴れも曇りも雨の日も。いつ見ても飽きない。

澄（す）み切った青空に飛び立っていく旅客機、黄昏（たそがれ）時の夕焼け空から帰ってくる旅客機。時間、天気で空は様々な表情を見せ、その中を悠々（ゆうゆう）と飛ぶ旅客機を見ていると穏やかな気持ちになれた。

――空と、そして飛行機という組み合わせが好き。

だから空と旅客機を近くで感じられる仕事に就きたくて、自然とグランドスタッフを目指すようになった。

「チケットをお預かりいたします」

グランドスタッフの業務は空港を利用するお客様の様々なサポートをすること。

搭乗手続きはもちろんのこと、出発ゲートや搭乗ゲートでの案内業務、もちろん不測の事態への対応もしなくてはならない。

今日はカウンターでの搭乗手続き業務の担当。

近年はインターネットからの航空券予約が主で、自動チェックイン機を使って搭乗する利用客がほとんどだ。けれど、空港に不慣れな年配のお客様や予約に不備があったお客様がカウンターを利用するため無人というわけにはいかない。

利用客が途切れた搭乗カウンターから不意に上げた視線の先、私が勤めるＪＳＡＬの旅客機が飛び立っていくのが見える。

「行ってらっしゃいませ……！」と見送りの言葉をこっそり呟（つぶや）いた。

こうして、大好きな空に無事に飛行機を送り出すお手伝いができること。

この仕事に就けたことに日々感謝をして業務に従事している。


「真白、お疲れ様！」

お昼休憩の時間になり、お昼をとりに空港内を歩いていると、背後から声をかけられる。

「お疲れ様」

後を追ってきたのは同じJSALのグランドスタッフをしている飯田野々花。同じ年に入社した同期だ。

「お昼、お弁当?」

「うん。コーヒーだけ買いに行こうかなって」

「あ、私も行く行く」

野々花とは入社してから仕事を越えてプライベートでも仲良くしてもらっている。貴重な職場での友人だ。

今でもよく覚えている。入社式の日に席がとなりで、野々花のほうから声をかけてきてくれた。明るい話し方がすごく接しやすくてすぐに打ち解けた。

少し前に風邪をひいて咳が残っていた私に、こっそりのど飴を渡してくれて、おかげで咳き込むこともなく静かに式典に参加できた思い出がある。

顎ラインのワンレンボブに、はっきりとした顔立ち。私は野々花のように綺麗な直毛ヘアではなく天然パーマだから、まとまりのあるボブに憧れがある。

ふわふわして広がってしまうから、ある程度の重みがないと髪がまとまらず、セミロング以上の長さがないとヘアスタイルがきまらない。だから今も胸辺りまでのセミロングヘアだ。

仕事中は長い髪はまとめるのがルールだから、後ろでお団子にしている。

野々花は身長も女性の中では高いほうで、スタイルもすごくいいから制服も様になっている。

それに比べ、私は百六十センチに届かないから、あともう少し身長が欲しかったなと思う。グランドスタッフになって、制服を身につけるようになってからよりそう感じる。

うちの会社の制服は、グレーのジャケットに薄ピンク色のブラウス、紺色のタイトスカート。首元には会社のロゴデザインが入った、ピンク色のスカーフを巻いている。

夏場はそのままジャケットを脱いだスタイルになる感じだ。

「ねぇ、あれ見て」

控え室に向かう関係者専用通路を歩いていると、野々花が体を寄せて小声を出す。

その先には、華やかで目を引く男女の姿があった。うちの航空会社のパイロットと客室乗務員だ。

あまりじろじろ見るのもよくないと思い、チラ見で視線を下げる。CAが可愛らしい笑顔をパイロットに向けているのが目に映った。

向こうから歩いてくるふたりとすれ違いざま、野々花と私は揃って会釈をする。

「高坂機長、今度は別のCAに絡まれてるじゃん」

「え？　別のって？」

「だって、この間は台湾航空のCAに告白されてたって。目撃者からの情報」

「そうなんだ……」

そんな話題につい後方を振り返ってしまう。

遠くに離れたその後ろ姿は、パイロットの制服が映える長身の八頭身。

さらりとしたゆるふわの黒髪、均整の取れた顔、現れただけで存在感を放っている強者――JSALの機長、高坂遥だ。

聞いた話によると、高坂機長はうちの親会社であるJSALの御曹司。父親が社長だという。

そういった家柄、機長というスペックと、持ち合わせている容姿で高坂機長は女性たちの憧れの存在なのだ。

彼に関しては常にいろいろな情報が飛び交っていて、そのほとんどが女性にモテているという内容ばかり。

誰が好意を寄せているとか、告白されていたとか、そんな目撃情報や噂ばかり耳にする。

「いやぁ、モテる男は話題が尽きないね」

感心したように、はたまた呆(あき)れかえったように野々花は言った。


週末、日曜日。

仕事はシフト制で週末が休みとは決まっていないけれど、今週は前々から予定が入っていて週末に休日をもらう申請を出していた。

朝から電車に揺られ、向かった先は代官山(だいかんやま)。今日は知り合いのクリエイターのグループ展の手伝いで、朝からギャラリーに出向いている。

物心ついた頃から絵を描くのが好きだった私は、長年趣味で絵を描いている。就職してからは本格的に取り組むようになり、少しずつ世界も広がり始めた。

子どもの頃から変わらないのは、私が描く絵のモチーフ。

昔からいつも、自宅の二階の窓から見える空と旅客機を描いていた。

空は喜怒哀楽を見せるように毎日表情を変え、同じときはない。そんな空に離着陸する航空機を描くのが好きだった。

今まで何枚も描いてきたけれど、ひとつとして同じものはない。

絵は、私にとって精神安定剤のようなもの。

でもいつか、誰かの心を動かすような絵を描けたらいいなと思っている。

私が絵を描いて得られているワクワクや癒やしを、絵を気に入ってくれた人が感じてくれるような作品が描けたら……なんて。

そんなの夢のまた夢だけど、それが密かな目標だ。

長く絵を描いてきた中で、同じような趣味を持つ友人も多くできた。

その中のひとりがグループ展を開催するということで、よかったら私の作品も展示してみないかと声をかけてくれたのだ。

ただ趣味で描いてきた程度で展示なんてとんでもないと初めは遠慮したけれど、大きな展示会ではないし、一度参加してみるとまた新たな世界が広がるはずだからと勧められた。

一週間ほどの展示期間のうち、仕事の休める日にお手伝いをさせてもらうという条件で、作品を三点ほど片隅に展示させてもらっている。

ギャラリーは誰でも無料で立ち寄ることができ、気に入った作品があればその場で購入することも可能。

お手伝いは、ギャラリー内でなにかトラブルがないか見守る程度だ。

どの時間帯も満遍なく訪れる人がいて、ギャラリー内が無人になることはない。

グループ展は『陸・海・空』と、自然をテーマとした作品を集めている。だから、空ばかり描いている私にも『ぜひ！』と声がかかったのだ。

ガラス張りの解放感のある造りのレンタルギャラリー。室内はコンクリート打ちっぱなしで、展示物を邪魔しないクールな空間だ。

ギャラリー内に入ってくる人たちは様々。主催者や展示に参加しているクリエイターから招待された人、ＳＮＳでグループ展の告知を見て訪れた人、この周辺を歩いていてふらっと立ち寄っていく人。

でも、みな共通して絵が好きな人ばかりだ。

作品をひとつずつ見て回る人々が、自分の作品の前に立ち止まってくれる光景を目の当たりにすると、なんとも言えない緊張感に包まれる。

すっとすぐに立ち退いてしまうと好みじゃなかったのだと残念に思い、逆に長く眺めてくれていると気に入ってもらえたのだろうかと期待感が募る。

展示をして多くの人に見てもらうことで新たな世界が広がると言われたけれど、確かにその通りだと実感していた。

夕方十六時を回った頃。

ひとりギャラリー内をうろうろと見回っていたとき、ふと、正面のガラス越しに見える通りに目が留まる。

淡いブルーのカッターシャツにブラックデニムというカジュアルな装いを見事に着こなすスタイルのよさと、グループ展の看板を眺めるその端整な顔にぎくりとして思わず身を隠す。

え……？　他人の、空似？

そう思うしかないくらい、こんな場所でばったり会うはずがない人物に見えてしまった。

普段は制服姿しか見たことがないし、私服のイメージはまったく湧かない。

でも、猛烈に高坂機長に似ている。

いや、まさか。そんなはずはないだろうと再び表を覗いてみると、看板を眺めていた姿が入り口を入ってくるのが目に飛び込む。

間違いなく本人だと確定して、でも咄嗟にくるりと背を向けた。

なんで、こんなところに高坂機長がいるの？　たまたま立ち寄ったの？

別に悪いことをしているわけではないし、顔を隠す必要はない。

でもなんとなく、咄嗟に気づかれたくないと思ってしまった。

とはいえ、彼が私に気づく可能性は極めて低い。

空港内ですれ違えば、パイロットということもあり、グランドスタッフはみんな会釈をする。

だからといって直接話したこともなければ、業務で深く関わったこともない。

私のほうは高坂機長が有名人だから知っているけれど、向こうはたぶん私を知らないだろう。

冷静に考えて、自意識過剰だと思い直す。

顔を見られたところでなんの問題もないはずだ。ここは静かにギャラリーを出ていくのを待てばいい。

「あの、すみません」

そんなとき、ギャラリーの隅で気配を消していた私に、老夫婦が話しかけてきた。

七十代くらいだろうか、ふたりとも小綺麗でオシャレな雰囲気。代官山の街を歩いていても様になる老夫婦だ。

「あちらの絵、購入していきたいのだけど」

「あ、はい。どちらを……？」

女性が案内してくれた先にあったのが、自分の作品で目を疑う。

私が展示させてもらっている、朝焼けの中を飛び立つ飛行機を描いた作品を女性は指し示した。

「この絵、ぜひうちに飾りたいと思って。一目惚れしたの」

女性は私の描いた作品をにこやかに見つめる。

自分の絵を誰かに気に入ってもらうのも、一目惚れなんて言われたのも生まれて初めてのこと。

しかも、購入したいだなんて……。

「ありがとうございます。この絵、私が描いたものなんです」

作者だと伝えると、老夫婦の表情がぱっと明るくなる。

「あなたが描いた作品なのね！」

「はい。気に入っていただけるなんて光栄です。初めての経験で」

「ファンになったわ。もっと作品を見てみたい」

嬉(うれ)しい言葉をたくさんかけてもらい、目頭が熱くなる。初めてのファンを前に胸がいっぱいだった。

＊　＊　＊

「東京アプローチ、JSAL211便。現在コード一万五千フィートから一万二千フィートへ降下中――」

韓国、仁川国際空港からおそよ二時間半。

昨日の夕方のフライトで韓国に到着し、そのまま現地で一泊。翌日午前のフライトで羽田空港へと戻ってきている。

仁川では雨だった空も、東京上空は青い空が広がり清々しい。

管制室から滑走路への侵入許可を受け、ファイナルアプローチに備える。

《――滑走路34Lへの着陸を許可します》

「JSAL211便、滑走路34Lへ着陸します」

フロントガラスの先に羽田の滑走路が近づく。機体が接地する直前スロットルを絞り、じわじわと機首を上げて機体の安定を図った。

車輪が滑走路を走り始めると、無事着陸したことに安堵する。これは長くパイロットをしてきて毎度のことだ。

滞りのないフライトで到着後のデブリーフィングもスムーズに終え、オフィスを出ながら腕時計を確認すると、時刻は十三時過ぎ。今日はもうこの後はオフだ。

「遥くん!」

さっさと帰ろうとしていたところ、弾んだ声に呼び止められる。

昨日今日と韓国フライトが一緒だったＣＡの難波咲菜だ。

「お疲れ」

「お疲れ様です。遥くん、この後オフだよね？　一緒にランチでもどうかな」

横にぴったりとくっつかれそうになって、ため息を押し留める。そんな風に気を使わなくてはならないことがストレスだ。

「悪いけど、所用があるんだ。またの機会に」

うだうだ引き留められるのも苦で、「お疲れ様」と足早に更衣室を目指した。

彼女の父親が上層部にいることで、親同士の勝手な話が進んでいることを少し前に知った。

『結婚するなら、ＣＡの咲菜さんはどうだ』

突然そんな話を持ち掛けられて、もちろんするつもりはないと即答した。

両親は聞く耳を持たず、結婚の話を進めようとしているが……。

今年で三十四歳。そろそろ身を固めてもいいんじゃないかと両親が囁き始めた。

自分の現状に不満はない。

好意もない相手と急かされて結婚をして、この先の人生後悔したくないのが本音だ。

自由気ままに、誰にも縛られず生きていきたい。

そもそも、結婚自体に興味がない。

周囲には、結婚して幸せそうにしている同年代もいる。

でも、自分にはまだその境地はわからない。

誰にも捕まらないように周囲に気を配りながら、帰宅前に空港内のカフェでコーヒーを一杯飲んでいこうと店に入る。

本日のコーヒーをオーダーし、最奥の席に陣取った。

こうしてコーヒーを飲んでいるときも、ここで向かいに誰かがいて、あれこれ話しかけられたりしたら煩わしいのだろうなと考えてしまう。

そんな思考をしている時点で、女性と交際をしたり、ましてや結婚なんて無理なのだろう。

実際、過去に女性と付き合ったことは数度あるが、どれも長続きはしなかった。

一緒にいたい、同じ時間を共有したい、そんな風に思える相手に出会えたのならこんな風には思わないのかもしれないが……。

「空いっててよかったー。ここでいっか、四人座れる」

賑やかな声が聞こえてきてちらりと目を向けると、店内に入ってきたのはうちの子会社のグランドスタッフ。

ちょうど観葉植物がいいところに置いてあって、向こうの席からこちら側は見えにくい。植物に重なるようにして椅子に体を預けた。

「ね！　見た？　高坂機長」

気づかれないようにしようと思った矢先に自分の名前が聞こえてきて、驚いて目を向ける。

どうやらこちらに気づいたわけではなく、話題に出されたようだ。まさかここに本人がいるとは思いもしないだろう。

「見た！　さっき見た！　私、昨日出勤じゃなかったからさ、今日韓国から帰られたときにばっちり見たわよ！」

「今までより少し髪が短くなったよね？　ニューヘアも素敵すぎる」

確かに週末、伸びてしまった髪をカットしに出かけた。

ちょっと髪を切ったくらいで話題にされるとは、他に話すことがないのだろうか。

「でもさ、私、ゲートで車椅子のお客様のお手伝いさせてもらったんだけど、難波さんが高坂機長にくっついて歩いてくの目に入ってさー。やっぱり噂通りなのかね？」

「ねー！　でもさ、難波さんだったらなんかガッカリ感ない？　あー、やっぱりそういう系好きなんだなーって」

「あぁ、わかる！　高坂機長みたいなクールな人でも、ああいう系には弱いのかー、みたいな。そこで変化球がきたらまたファンになっちゃうんだけど」

好き勝手言われていて、つい小さくため息が出てくる。

「ね、真白もそう思うでしょ？」

聞こえてきた名前に、無意識に植物の陰から様子を窺う。

話を振られた彼女は、「え？」となにもわかっていないように大きな目をさらに大きくした。

「ごめん、なんの話？」

盛り上がる三人とはまるで違う空気感で、きょとんとしている。

そんな様子に、他の三人から「もー」やら「聞いてなかったの？」と抗議の声が上がった。

「高坂機長の話だよ。難波さんと付き合ってたりするのかね？って」

「あー、そうなのかもねー？」

まったく興味関心なし、といったところ。その様子についふっと笑ってしまう。

彼女はそう言うと、「時間ないからちゃっちゃと決めよう」と、なにか仕事関係のことなのか、ペンを手にテーブルに視線を落とした。

「もー、真白はほんと興味ないよね」

他の三人も渋々雑談を終え、話し合いを始める。


三森真白は、うちの子会社に勤めるグランドスタッフ。

彼女の存在を知ったのは、機長として操縦桿を握るようになって一年目のとき。

搭乗時間を過ぎても行方のわからない乗客が一組いて、空港内を捜索する騒ぎになったことがあった。

定刻通り離陸できないかもしれない状況は自身が機長になってからは初めてのことだったが、副操縦士時代にも数度経験があり慣れていた。

そのときに空港内で乗客の捜索に当たってくれたのが彼女、三森真白だった。

定刻を守るために乗客と共に搭乗口まで走ってきたと後にチーフパーサーから報告を受け、一度彼女にお礼を伝えたこともある。

こういったことは過去に何度かあり、大抵のグランドスタッフは声をかけられたことにこそここそキャーキャーしているのを目の当たりにしてきた。

しかし、そんな他のグランドスタッフと違い彼女は『いえ、当然のことです』と毅然とした態度で返答したのだ。その姿は印象的で、今でもよく覚えている。

それからあるときは、耳の不自由な乗客を到着ロビーに送りながら手話で談笑している姿を見かけたこともあった。すごく盛り上がっている様子で、乗客の嬉しそうな表情と、彼女の爽やかな笑顔が目に焼きついた。

いつ見かけても真摯に業務に打ち込み、一生懸命に取り組んでいる姿には好感を持てた。彼女のような人に自分たちのフライトは支えられているのだと、感謝することもできた。

そういえば、日曜日……。

ふと、コーヒーに口をつけながら数日前の出来事を思い返す。

仕事においても特に直接的な接点はないが、この間の日曜日にプライベートな彼女を見かける機会があった。

代官山のサロンに行った帰り道、ふらっと通りがかった絵の展示会で彼女の姿を見かけたのだ。

絵を描く趣味があることを知り、買い取られるほどのスキルの持ち主だということも知れた。

彼女が気づく様子もなかったから声もかけず立ち去ったが、話すにはいいきっかけだったかもしれない。

ぼんやりとしているうちに、飲み終わらないカップを手にいそいそと彼女たちが店内を出ていく。

その様子を横目に見ながら、『ごめん、なんの話?』ときょとんとした彼女の顔を思い出していた。

2、ウィンウィンな偽装結婚

《ジャパンスターエアライン、17便は、ただ今より事前改札のご案内をいたします。二歳以下の小さなお子様をお連れのお客様、妊娠中のお客様、ご搭乗の際にお手伝いの必要なお客様は――》

充実した週末もあっという間に過ぎ、週の真ん中水曜日。

今日は搭乗ゲートの担当をしている。

「お手元に搭乗券をご用意してお待ちください」

搭乗時間が迫り、続々と並ぶ利用客に声をかけながら列を整える。

その列の最後尾に並んだ客がこっちに向かって手を振る姿に目が留まった。

「真～白！」

浮かれた声で下の名前を呼ばれ、ぎくりとする。

あえて特別な対応をしないでいようと思ったのに、相手のほうから列を離れて近づいてきてしまった。

彼、宮崎聡(みやざきさとし)は、約一年ほど前にお付き合いをした男性。一カ月ほどだったけれど、一応元カレということになるのだろう。

グランドスタッフの先輩たちに誘われて、断れずに参加した飲み会。

広告代理店に勤めるハイスペック男子が相手だから、損はしないと半ば強引に連れていかれた。

その席で出会ったのが宮崎さんで、向こうから積極的なアプローチを受けて数回の食事を経て付き合うという話になった。

私としては、別に交際するというういう形でなくても、お友達として食事をしたりで十分だと思っていた。まだ出会って間もないこともあり、好意もないのに付き合うということに疑問を持ったからだ。

そう打ち明けると、それなら自分を好きになってもらうよう努力すると彼は言った。だから付き合ってほしいと。

そんな風にして始まった交際だった。

でも、関係が始まると、連絡が頻回になり、会えば毎回ホテルに誘われるようになった。

そのたびにお断りするのも申し訳なく、このまま付き合い続けても彼の好意に応えることはできないと思い、お別れを切り出したのだ。

「どこにいるか探してたら、ちょうど乗る飛行機の搭乗口で会うなんて」

　しかし、二カ月ほど前から空港でちょくちょく声をかけられるようになった。たまたま仕事の都合で利用しているだけだろうけれど、業務中にプライベートな調子で話しかけられるのは非常に迷惑だ。

「ご利用ありがとうございます」

「なんだよ、そんな他人行儀な。そうだ、もし会えたらと思って……」

　宮崎さんは突然荷物を漁り始める。嫌な予感がしてその場を立ち去ろうとすると、有名アパレルブランドのロゴの入った小さなショッパーを差し出した。

「真白に似合いそうなネックレスを見つけたからプレゼントしたくて」

「困ります、業務中ですので」

　丁重にお断りしても宮崎さんはお構いなし。「受け取って」とショッパーを押し出してくる。

「三森さん」

　押し問答が始まりそうな私たちの様子を見かねてだろう。ゲートリーダーを務める先輩が私に声をかけ近づいてきた。

「車椅子のお客様のご案内、お願いできる？」

「あ、はい、わかりました！」

なんとかその場を離れることができ、逃げるように事前改札口に引っ込んだ。

西の空に濃いオレンジ色の太陽が沈んでいくのを目にしながら、ため息が漏れ出る。

展望デッキの片隅で、私はひとりぼんやりと夕焼けの空を眺めていた。

終業後はいつも道草を食わず真っ直ぐ帰宅する。家では祖母と、まだ学生の妹と弟が待っているからだ。

でも、今日は落ちた気分を家に持ち帰ることになりそうで、一旦クールダウンが必要だと思った。

こんなこと、滅多にないのだけど……。

今日はあれからお昼休憩に入る前、主任に呼び出された。

その理由は、案の定、宮崎さんのこと。

プライベートなことに口を出すつもりはないけれど、業務に支障があるようなことが続くのは困ると言われた。

確かに、今日も困っているところに助け舟を出してもらって難を逃れた形だ。

今日だけではなく、少し前から宮崎さんはちょこちょこ空港を利用するたびに私に声をかけてきている。

困ると伝えてもわかってもらえないから、また仕事中に現れたら一体どうしたらいいのか……。

「真白、見つけた」

ひとり悶々と頭を悩ませていたところ、背後から声をかけられる。

ハッとして振り返ると、そこにあったのは今朝出発を見送った宮崎さんの姿。

どうしてここにいるのだろうかと混乱する。

「どうして……？」

「今日は日帰りの出張だったんだ」

よりにもよってこんなタイミングでまた宮崎さんと会うとは思いもしなかった。

「もしかしたら、真白も仕事終わりの時間かと思って探してたら見つけられた」

探していたなんて聞いて、これはもうこの場ではっきり言わないと今後もこのようなことが続くかもしれないと警戒する。

プライベートな事情でこれ以上職場に迷惑をかけたくない。

「あの、勤務中にプライベートなことで声をかけられるのは迷惑で……やめていただきたいんです」

「そう言われても、真白、連絡しても返事くれないだろ？　既読にもならないから」

お別れした当初、頻繁に連絡が入り、そっとブロックさせてもらった。

一日に何十件と入ってくるメッセージは、さすがに恐怖を覚えるものだったから。

まさか、それに気づかず連絡し続けているのだろうか……。

「だから直接こうして会いに来るしか方法がないって思って」

宮崎さんはそう言いながら荷物を漁り始める。朝、私に渡そうとしていた贈り物だというショッパーを取り出し、再び差し出してきた。

「受け取れません」

「どうして？　真白のために用意したんだ」

「こういうのも困りますので」

はっきりと断ってもわかってもらえず困り果てて、立ち去るしかないと会釈をする。

その場を離れようと一歩踏み出すと、引き留めるように腕を掴まれた。

「あ、あのっ――」

そのときだった。

私を掴む宮崎さんの手が、別の誰かの手によって止められる。

その袖元には金色の四本ライン。

ハッとして見上げた先にあったのは、美しいと言っても過言ではない端整な顔。

えっ、どうして、こんなところに高坂機長が……⁉

こんなに近距離で見たことがなく、目を見開いてしまう。

「彼女になにか用でも？」

高坂機長は私を掴む手を剥がしながらじっと宮崎さんを見つめる。その目は冷徹で、容赦ない。

「なっ、なんでもねーよ！」

状況が掴めないまま、宮崎さんが私から離れていく。自分の荷物を慌てて持ち、逃げるようにして走り去っていった。

遠ざかっていく宮崎さんを呆然と見つめ、ハッとして高坂機長に目を向ける。

彼もまた、私と同じように宮崎さんを見送っていた。そして私の視線に気づいたようにこちらに顔を向ける。

「今日の日中も同じような光景を目にした。よくあるのか」

驚いた。どうやら午前中の出来事を目撃されていたらしい。

たまたま通りがかって見かけたのかもしれない。

「えっと、よくというか……まぁ」

なんと答えたらいいのかわからず、返事は曖昧。

それよりなにより、緊張してまともに相手の顔も見ることができない。

「すみません、ご面倒をおかけしました。でも、ありがとうございました、助かりました」

「ということは、やはり困っていたということか」

「あ……」

つい、助かりましたなんて本音が出てしまった。

ここで困っていると返事をするのはなんだか違う気がして、「大丈夫です」と答える。

「失礼します」

ぺこりと勢いよく頭を下げ、その場を立ち去る。

背中になんとなく視線を感じながらも振り返ることはせず、足早に展望デッキを後にした。

十月も後半となり、ようやく秋の気配を感じる季節となった。

夜間や早朝は羽織りがないと肌寒い日も増え、一日を通して過ごしやすい時間帯が増えてきた。

この夏も体力を消耗するほどの猛暑が続いたから、本格的な秋の訪れが待ち遠しかった。

「お疲れ様でした」

勤務を終えた私はいつものように更衣室で私服に着替え、鏡をチェックしながら軽く化粧直しをする。

更衣室を出て、関係者専用通用口を目指しながら、帰りにスーパーで買っていくものを頭の中で整理する。

もうすぐ切れそうな味噌とみりん、あと、昨日ご近所さんからジャガイモをたくさんいただいたから、肉じゃがを作りたいと祖母が言っていた。だから豚こまとニンジン、白滝は買わないといけない。

「遥くん、待って！」

その先を曲がれば通用口というところまで来て、曲がり角の向こうから女性の声が聞こえて思わず足を止めた。甘ったるい声だったからだろう。間違いなく男女がいちゃついている。

しばらく待って、人の気配がなくなったのを確認して、出口へと向かった。

しかし、ドアを出たすぐ先で、腰までの長いゆるふわロングヘアの後ろ姿が立ち止まっていた。

フリルをふんだんに使ったオフショルダーのニットに、マーメードラインのスカート。THE女子といった可愛らしいコーディネートの向こうには、まさかの高坂機長の無表情な顔。

いけないものを目撃してしまった！と、咄嗟に目を逸らそうとした瞬間にばちっと高坂機長と視線が重なり合った。

「断られる意味がわからないし、理由もわからない。お父様だって、私たちのことはふたりで仲を深めてから家族で食事会をしたりしようって」

相手の女性は、客室乗務員の難波咲菜。

高坂機長とよく一緒にいるのを見かける彼女は、父親がJSALの上層部にいると聞いたことがある。

JSALの御曹司で操縦桿を握る高坂機長と、上層部に父親がいて尚且つ自身も客室乗務員の難波さん。まさにつり合いの取れたふたりだ。

込み入った話の最中に通りがかってしまった自分の間の悪さを恨み、努めて何食わぬ顔でその場を通過する。

心の中で『すみません～』と謝りながら、なるべく気配を消して……。

「なんだ、先に出てると思ったら」

「えっ――」

そよ風のように通り過ぎていこうと思ったのに、なぜだか高坂機長が前に立ちはだかる。

自然な動作で背中に手を添えられ、まるで私が高坂機長のお連れ様のようになっていた。なに、これ。

「いい機会だから話しておく。もうすぐ結婚することになってるんだ、彼女と」

もうすぐ結婚、彼女と――。

そこだけ聞けば高坂機長が口にしてもそこまでおかしな言葉ではないけれど、目の前で起こっている状況がおかしい。

だって誰がどう見ても、私がその相手として紹介されている構図なのだ。

なぜ、おかしい……！

「どういうこと？　結婚？　その子と？」

「ああ。交際していることは、公表していないから誰も知らないけどな」

勝手に繰り広げられる話に、『ちょっと……』と抗議しかけたものの、高坂機長が耳元で「黙って俺に合わせてくれ」と囁いてきて、不覚にもドキッとして黙ってしまった。

難波さんは今さっきの可愛らしく困った様子から、抗議するような険しい表情を見せている。

「そんなこと、お父様が納得しないわ」

「君のお父さんには、俺からきちんと話しておく。第一俺は結婚する意思はないと伝えていたはずだ」

高坂機長の言葉を受け、難波さんは驚いた表情のまま静止する。

次第にその大きな目が潤んできて、かと思えばキッと私の顔を睨みつけた。

恐怖のあまり思わず後ずさりした私を、高坂機長が受け止める。

「行こう」

そう言って私の肩を抱き、立ち尽くす難波さんのもとを去っていく。

一体どうしたものかと緊張状態のまま連れていかれたのは、関係者専用になっている駐車場方面。

ハッとして周囲に誰もいないことを確認し、「あの！」と足を止めた。

「さっきのは、一体どういうことなんですか？」

高坂機長は私の背から手を離し、一歩距離を取る。

やっとおかしな距離間から元通りに戻り、その場で向かい合った。

「夫婦にならないか。偽装夫婦だ」

「……はっ、えぇ⁉」

あまりの衝撃で失礼極まりない声を出してしまう。慌てて口を押さえたものの、見開いた目はもとに戻せない。

「形だけの夫婦。同居はするけど、それも形だけだ。籍は入れない。周囲に夫婦だと偽ってくれたらそれでいい」

高坂機長は綺麗な顔でじっと私を見つめ、わずかに口角を上げた。

「もしかしたら、ウィンウィンの関係が築けるかもしれない……と思ってな」

「ウィンウィン……？」

まったく意味が掴めず訊き返す。

「お互いに、結婚したということにすれば困りごとが解消されるだろうと思ったんだ、さっき咄嗟に」

と、咄嗟に⁉　それで、難波さんの前であんな小芝居を？

でも、ウィンウィンって、私にはそんなこと特になにも……。

「この間の男……結婚したと知れば、空港で執拗に声をかけてくることもなくなるんじゃないか？」

宮崎さんのことだ。

この間、困っていたところを高坂機長に助けてもらったことを思い返す。

あのときはただただ驚きしかなかったけれど……そのことを言っているのだろう。

「というか、彼は元カレか？　それとも追っかけかなにかか」

「昔、少しお付き合いした人です」

「それならなおさらちょうどいいだろう。俺も同じだ。親との関係もあって面倒な部分はあるが、俺が結婚相手は自分で決めると言えば問題ない」

「あっ、あの、ちょっと待ってください」

とりあえず一旦話を止めようと声を上げる。

話が飛躍しすぎてついていけていないし、なにより相談する相手を間違えてしまっている。

「先日は、助けていただいて助かりました。あの、でも、今の話はまったく理解ができないです。高坂機長とは、こうしてお話すること自体二度目ですし」

「まぁそうだな。こんなところで立ち話もなんだから」

高坂機長はそう言いながら、どこからともなくスマートフォンを取り出す。

「オフ日に一度外で会おう。話はそのとき、じっくりしたい」

見せられたスマートフォンにはメッセージアプリの二次元コード。交換を求められ、半信半疑でその画面を凝視してしまう。

そんな私を、高坂機長は「早く」と急かす。

「あ、は、はい！」

普段、こうして人と連絡先を交換する機会も少なく手間取る。高坂機長が私のスマートフォンを指さし教えてくれ、交換画面が出せた。

「じゃあ、改めて連絡する」

「え？　あ、はい」

訊きたいことは山ほどあるのに、圧に押されて了承してしまった。

高坂機長は「お疲れ様」と言ってひとり駐車場へと歩いていく。

なんだったの……？

離れていく上背のある後ろ姿を見送りながら呆然と立ち尽くす。

信じられないことが怒涛（どとう）の勢いで押し寄せて、処理しきれないまま嵐は過ぎ去っていった。

ひとりきりになって数十秒ほどしてから、手の中にあるスマートフォンに目を落とす。

メッセージアプリを開くと、友達の中に『高坂遥』の名前があり、本当に高坂機長と連絡先の交換をしてしまったのだと改めて信じられなかった。


十一月一週目の金曜日。

「あれ……お姉、珍しいことしてるー」

突然背後から声をかけられびくっと肩を揺らす。振り返ると、妹の奈子が私のベッドの上を覗き込んでいた。

「珍しいって、別にそんなこと」

慌てて、広げていたワンピース二枚を掴み取る。

その様子に奈子はにやりと笑ってみせた。

「あれれ？　さては男とデートだな？」

「えっ、なんでそうなるの！　違うし」

「だって、普段しないようなことしてるんだもん、そう思うに決まってるじゃん」

確かに、普段こんな風に手持ちの服を広げて悩んだりしない。

いつもしないことをしているのだから、奈子が騒ぐのは仕方ない。

妹の奈子は高校三年生。私とは九歳離れている。

青春真っ只中(ただなか)の奈子だけど、きっと周囲の友達に比べたら苦労させてしまっていると思う。

両親のいない我が家では、奈子もアルバイトをして家計を支えてくれている。

「なになに、どうしたの？」

そこにやってきたのは、弟の蒼(あお)。どうやら姉たちがわーきゃーしているのを聞きつけたようだ。

「あ、蒼。お姉、今日デートっぽいよー」

「え、マジか」

奈子の勝手な情報に蒼は顔いっぱいに驚きを見せる。

「ちょっと奈子！　嘘の情報を広めないで！」

「姉ちゃんにもやっと春がきたか、よかったじゃん」

「だから違うってば、蒼までやめてよ」

弟の蒼は中学三年の受験生。

中学二年の一年間は思春期真っ只中であまり話してくれなかったけれど、今年に入ってから徐々に会話もしてくれるようになった。

もともと姉弟で仲がいいというのもあるかもしれないけれど、中学生の男子にしては珍しいタイプなのかもしれない。

成長と共にこの家で一番身長も高くなり、唯一の男手として家族から頼りにされている。蛍光灯の交換とか、家の中で虫が出たときとかは、蒼が対処してくれる。

この家には、母方の祖母と、私たちの四人で暮らしている。

両親はもう他界してこの世にいない。

父は物心つく頃にはすでにいなかった。私が生まれてすぐの頃に病死したと聞かされている。

母は父との死別後、私が保育園の年長さん、六歳になる年に彼氏ができた。再婚を前提にこの家にも住み、その翌年に再婚。私が小三のときに奈子が、小六のときに蒼が生まれた。

それから三年もしないうち、私が中三の秋に母は私たち子どもを置いて、再婚相手とふたりでこの家を出ていった。

今でもよく覚えている。高校受験を控え、三者面談があった日だった。学校での面談の帰り道、母に唐突に言われた。

『真白、帰ったらママ家を出るから』

意味がわからなかった。

言葉通り、母はその日の夕方に家を出ていったきり帰ってこなかった。

その後、何度か電話がかかってきたことはあった。

電話では、生活が落ち着いたら一緒に住もうと言っていた。でも、その電話もそのうちかかってこなくなった。

後から祖母に聞いた話だと、私たちにはそのうちまた一緒に暮らすことができると伝えていたけれど、初めからその気はなかったようだ。

母は男とふたりで生きていくことを選び、私たち子どもを捨てたのだ。

それから時は流れ、私が専門学校を卒業する春、母は病によって亡くなったと知らせがあった。

母が家を出ていったとき、奈子は六歳、蒼は三歳。

ふたりとも、母の記憶はほとんど残っていないという。

両親のいなくなった我が家で、私は常に家計の心配をしてきた。

高校に入学してからは少しでも家計の足しになればと三年間学業とバイトを両立させ、専門学校に入ってからは深夜までバイトをし、週末もびっしりシフトを入れた。

そんな風にやってきてやっと今の会社に就職し、今はこの家の大黒柱のような役割を担っている。

もちろん、生活は豊かではない。うちの家計は、祖母の年金と私の給料でなんとかやりくりしている状況。

奈子もバイト代を家に入れると言ってくれているけれど、それで自分のスマホの使用料を払ってくれれば十分だと話している。

それでも、蒼の分の通信費も一緒に払うと気を使ってくれているほどだ。

そんな家庭環境ではあるけれど、家族みんな仲がよく幸せに生活していること。裕福でなくても、笑って毎日暮らせていることに感謝している。

「ふたりしてお姉ちゃんをからかわないの」

毅然とした態度を見せているものの、ふたりのニヤニヤした顔に負けそうになる。

「えー、別に隠さなくたっていいじゃん、相手誰？　男の人でしょ？」

「職場の人だから。そういうんじゃないの」

「おっ、やっぱ男なんだ」

「だから、あんたたちが想像してるような浮かれた約束じゃないから」

部屋から追い出すようにふたりを廊下に出し、「はいはい、学校遅刻するよー」とリビングに連れていく。

妹と弟が登校してからでもまだ時間はあるし、コーディネートは決まってないけど後回しにすることにした。

三日前の夜、突然メッセージアプリに連絡が入った。

初めてのアイコンがトークルームに入ってきて、そこにあったのは【次の金曜日は勤務日？】というお伺い。

高坂機長から本当に連絡が来たことに驚き、しばらくメッセージを開けなかった。

でも、都合を伺う内容だったため対応しないわけにもいかない。

ちょうど金曜日は仕事が休みだったので、【お休みです】と返信をした。

すると三十分もしないうち、【その日に会って話したい】と単刀直入なメッセージを受信した。

その返信に再び驚愕（きょうがく）し、またメッセージを開く勇気が出るには少しの時間が必要だった。

『夫婦にならないか。偽装夫婦だ』

理解し難いことをほぼ面識のない状態で言われたのだ。

あのときの雰囲気から、高坂機長が困っているのかもしれないというのはなんとなく察した。

客室乗務員の難波さん。きっと互いの親がらみで、将来の約束でもさせられているのだろう。

でも、高坂機長には結婚願望がなく、難波さんとの縁談は進めたくない。

だから、いいタイミングで通りかかった私を交際相手に仕立て上げ、難波さんからの猛アプローチから逃れたのだ。

そこまでは察しがついたけど、だけど、その後何度考えてもそこからの話がおかしいのだ。

どうして私に偽装の妻になれなどと言ったのか……。

もともと友達でも、知り合いでもない。ただの通りがかりの私に白羽の矢が立ったのはなぜか、いくら考えても答えが導き出せなかった。

あのときはその場の勢いでそういう流れになったのかもしれないと思っていた。

でも、こうして改めてプライベートな時間に会う約束を取り付けてくるということは、高坂機長も冗談ではなかったということ。

だとすれば、私としても真剣にその話に返答しなくてはならない。

私には引き受けられない、と……。

約束の時間は午後二時。待ち合わせ場所は、台場駅と指定された。

結局、コーディネートは無難なものに落ち着いた。グレーベースのチェックプリーツロングスカートにホワイトのニット、それにブラックのノーカラージャケットを羽織ったシンプルな格好だ。

高坂機長と会うという事実につい変な力が入ってしまったけれど、落ち着いて考えてみれば力む必要なんてない。

これはデートでもなんでもなく、会って話をするというだけ。

だから特別オシャレをするとかは不要で、社会的に失礼のない姿で臨めばいい話だ。

それに気づけば多少は気楽に支度ができた。

よくよく考えてみれば気合い入りまくりで待ち合わせ場所に現れたりでもしたら、こいつはなにを勘違いしているのだと思われるだけの話だ。危ない危ない。

駅を出てすぐの階段の下で待ち合わせようと言われていて、ここでいいのだろうかと周囲をキョロキョロと見回す。

着きましたって、一応メッセージ入れておこうかな……。

そう思いながらバッグの中のスマートフォンを漁っていると、目の前の道路に一台の高級セダンが停車する。

その運転席に見えた顔にスマートフォンを探していた手が止まった。

パワーウィンドウが開いて、高坂機長が手招きする。

ぺこりと頭を下げ、車へと近づいた。

「悪い、待たせたか」

「いえ、今来たばかりです」

「とりあえず、乗って」

乗車を求められ、「はい」と助手席へと向かう。

高級外車に度肝を抜かれ、「お邪魔します」とドアを開けた。

「このすぐ近くに移動する」

「わかりました」

砂利ひとつ落ちていない綺麗な車内マットにそろりと足を上げ乗車する。

腰かけたシートが今まで体験したことのない座り心地で、思わず「わっ」と声が漏れてしまった。

さすがＪＳＡＬの御曹司。庶民には考えられない生活を送っているのだろう。

私がシートベルトを締めると、車は静かに発車する。

「すみません、ありがとうございます。目的地が決まっていたのなら、現地集合で自ら向かいましたよ？」

今日に限らず、男性の車に乗ることは私にとってはハードルが高い。これまでも数回交流があったのちにしか車には乗っていないし、昔から自分でそう決めている。

「あまりよく知らない男の車には乗らない主義なのか」

「えっ！」

ご名答すぎてあからさまな反応を見せてしまう。

進行方向を見ていた高坂機長はこちらに一瞬顔を向け、そしてふっと笑った。

「あの、別にそういうつもりで言ったわけではなく」

「いいと思うぞ。俺は好感が持てる」

思わぬ答えが返ってきて、今度は私のほうが高坂機長の横顔をじっと見てしまう。

高坂機長はフロントガラスを見据えたまま、ほんの少しだけ笑みを浮かべていた。

そこから沈黙してしまったものの、目的地は待ち合わせ場所からさほど離れていなかった。

石造りの塀と、立派な門の前には制服のスタッフ。

『TOKYO BAYRESORT　CLUB』と目にして、思わず二度見してしまう。

え、ここって確か、会員制の施設じゃ……？

以前、ネットの記事かなにかで見たことがある。会員権を所持していないと利用できない都会のリゾートホテルで、中にはスパやレストランなどの施設が入っているという。

一般庶民は足を踏み入れることさえできない、上流階級の人々の世界だ。私にとってはまさに異世界。

高坂機長の装いがスーツだったことも、ここに来る予定だったからだと納得がいく。

門の前でスタッフにカードらしきものを掲示すると、スタッフから「いってらっしゃいませ」と声をかけられ、高坂機長はパワーウィンドウを閉める。

そのまま開いた門を入っていくと、両サイドが植え込みで整えられた対向一車線の道が続く。

やがて中央に大きな噴水が水しぶきを上げるロータリーに差しかかると、高坂機長は聳(そび)える建物のエントランス前で車を停めた。

「降りよう」

「あ、はい！」

エンジンを切り、車を降りていく高坂機長の姿に慌ててシートベルトを外す。手間取っているうちに高坂機長が助手席のドアを開けた。

「すみません、ありがとうございます」

車からそろりと降りながらキョロキョロと周囲を見回す。

エントランスはクリーム色の大理石造り。そこには金字で『TOKYO BAYRESORT CLUB』と記されている。

一体、何階建ての建物なのだろう?

見た感じかなり高層だけど、目的の場所が上のほうの階だったら困る。

生まれつき高いところが得意ではなかった私は、生きていく上で地面に極力近い場所で生活するようにしている。

頑張って五階程度まで。空港の展望デッキほどの高さが限度だ。それ以上となると、怖くて足がすくんでしまう。

車寄せの近くで制服のスタッフと話していた高坂機長が「行こう」とエントランスに向かっていく。

エントランスの自動ドアを抜け、入ったロビーは正面に大きな花のオブジェがある。床は大理石で、ちょうどオブジェを丸く囲うように模様が描かれていた。

高坂機長に続いて奥の廊下を進んでいく。

高い天井には黒いシャンデリアが等間隔で明かりを灯し、重厚な雰囲気に終始落ち着かない。

高坂機長が足を止めたのは、一階奥にあるレストランだった。受付で黒服に声をかけると、すぐに奥へ案内される。

よかった、一階のお店みたい……。

足を踏み入れた店内は、天井が高くフロア中央部分が吹き抜けになっている。このレストラン部分だけが中庭に突き出している構造のようだ。

案内されたのは、最奥の中庭を間近にした席だった。窓に向かって横に並んだような形で席が用意されている。

黒服に椅子を引かれ、恐縮しながら腰を下ろした。

「アフタヌーンティーのドリンクメニューになります」

席についたところで、すぐに黒服からドリンクのメニューが出される。

高坂機長はアールグレイティー、私はアイスのオペラミルクティーをオーダーした。

「女性はアフタヌーンティーが好きだと聞いたが、そういうものなのか」

ふたりきりになると、高坂機長が訊く。

周囲ではデートや女子会で行ったという話を耳にしたことはあるけれど、アフタヌーンティーなんて私は初めて。これまで行く機会がなかった。

「私は初めてなんですが、みんな好きみたいですね」

「初めてなのか」

「あ、はい……」

高坂機長は「そうか」と言い、急に黙り込む。

どうしたのだろうと様子を窺っていると、すぐに口を開いた。

「まさか、甘い物が嫌いだったか」

「あ、いえ、そういうわけではないです」

私がアフタヌーンティーに行ったことがないなんて言ったから、甘い物が苦手なのかと思ったようだ。

そういうことではないとしっかり否定する。

オーダーからさほど待つことなく、ドリンクと共に、様々なスイーツののったケーキスタンドが運ばれてきた。

金縁の馬車のようなケーキスタンドには、スコーンやマカロン、ババロア、ひと口サイズのケーキなどが並ぶ。

「わぁ……」

初めてのアフタヌーンティーを前に、自然と感嘆のため息が漏れた。

「今日は都合をつけてもらって悪かったな」

テーブルの準備が整うと、早速本題を切り出されてピリッと気持ちが引き締まる。

つい目の前の豪華なスイーツに気を取られてしまったけれど、今日会った目的はこの間の話の続きだ。

アフタヌーンティーを楽しみに来たんじゃない。

真の目的を再確認していた私をよそに、高坂機長は「どれにする？」と私のスイーツを取り分けようと訊いてくる。

「あっ、すみません。では、スコーンを……」

気遣いに感謝し、お言葉に甘える。でも、優雅にスイーツをいただいている場合ではない。

「先日のお話ですが……」

「ああ、考えてもらえたか」

「はい。申し訳ないですが、お引き受けすることはできません」

何度考えてみても理解に苦しむ話だった。

偽装結婚……。

一歩譲って、そういう話が身近にあったとしてもいい。でも、その相手に私が抜擢(ばってき)

されることが理解できない。

これではまるで無作為抽出みたいなものだ。

「ご事情はいろいろあるかと思いますが……その相手に私を選ぶ必要はまずないと思うので、他を当たってください」

毎日誰かしらから名前を聞く高坂機長。

職場の女性たちが放っておかない彼なら、偽装妻なんて難しい交渉も喜んで引き受けてくれる女性は選べるほどいるに違いない。

ソーサーからカップを持ち上げた高坂機長は、なぜだか「はぁ」とため息らしきものをついた。

「誰でもいいなら、もう話は片付いてる」

「え……？」

「三森さん、君にだから話をしたんだけど」

私の名前、知ってたんだ……。

名前すら覚えられていないだろうと思っていたから驚く。高坂機長との関係はそのくらい遠いものなのだ。

「君に声をかけたのにはそれなりのわけがある」

「わけ……？ わけってなんですか」

まったく見当がつかず、食い気味に訊いてしまう。

「まぁ、それは追々話すとして……乗ってくれるか、今回の話に」

うまいこと話をかわされ、核心に迫られる。

こちらの返事が通じていなくて、「ですから」と軌道修正をはかった。

「私はその相手には相応しくないですから、他を当たっていただいて――」

「絵を描いて収入を得ているよな」

「……えぇっ？」

突然出された話題に固まる。

絵？ 私の趣味のこと？ なんで、高坂機長がそれを――。

そこまで考えて、先日の展示会のことを思い出す。

あの日、高坂機長と直接話すことはなかったし、気づかれもしなかったはず。

でも、指摘通り人生で初めて自分の絵に買い手がついたのは確かだ。

もしかして、そのときのことを……？

「多少の額でも、それは会社的に副業になる。うちの会社は副業は禁止だ。もし知られることになれば……」

「もっ、もしかして、脅しているんですか⁉」

高坂機長は余裕の笑みで私を見据える。アールグレイティーに優雅に口をつけた。

「脅すなんて人聞きが悪い。事実確認をしただけだ。それに、その程度なら俺が口外しなければわからないことだろう」

それが脅してるってことなんですけど……⁉

「……黙っている代わりに、この話を引き受けろと、そういうことですか」

「話に応じてもらえないなら、それも悪くないな」

悪くないなって、そんな……。

本格的に話をつけないとまずい方向になってきて、気を引き締めて背筋を伸ばす。

平然とスイーツを食べる高坂機長に「あの」と切り出した。

「私には、まだ学生の妹と弟がいます」

高坂機長は手を止め、私に注目する。

「うちはすでに両親が他界していて、祖母と、高校生の妹、中学生の弟と四人暮らしです」

この際、うちの家庭の事情を知ってもらって諦めてもらえばいい。

なりふり構っている場合ではない。

「家計も、私の給料と祖母の年金、高校生の妹がバイト代で協力してくれてやりくりしています。だから、私が家を出て別々の生活をすれば、家族に負担がいくのはわかりきったことです」

私の声を最後にふたりの間に沈黙が落ちる。

高坂機長はテーブルの上で視線を泳がせたまま、なにかを考えているような表情を見せていた。

これはあともうひと押しに違いない。

「お断りしているのはそんな事情もあるからで、ですので――」

「悪かった。なにも知らずに」

「いえ……」

やっとわかってもらえてホッとする。これで諦めてくれるはず。そう、安堵したのも束(つか)の間。

「心配いらない。君の家族もすべて面倒をみる」

返ってきた言葉に驚愕した。

「えっ、どうしてそうなるんですか」

「どうしてって、それがこの話を断る理由のひとつなら解消するのは当たり前だろう」

まさかそういう方向に話がいくとは思わず絶句状態。

これを言えば諦めてもらえるだろうと思ったことが、こんな風に裏目に出るなんて。

「偽装夫婦はあくまで偽装。本当に結婚するわけではないし、お互いに都合よく利用すればいいだけ。互いに干渉もしない」

形だけの、偽装結婚。

お互いを都合よく利用して、干渉せず、快適な日常生活を送るためにする契約。

「必要がなくなれば解消する。もちろん、無駄に周知する必要もない。君の家族のことも心配いらない。どうだ、断る理由はなにひとつないだろう」

真剣に訴えかけられて、先ほどのように断る言葉が出てこなくなる。

偽装結婚なんて非現実的なことを持ち掛けられ、断るのが普通だと私の中の常識が有無を言わさず訴えかけた。

でも、彼は自分の利益だけでなく、私にとっても悪い話ではないと主張を繰り返す。

確かに、宮崎さんのことはすっきり解決していない。

またいつこの間のように現れて業務に支障をきたすかわからないし、いつも頭の片隅に心配がある。

もし、今回の話を承諾すれば、その不安からは解放されるということだよね……。

祖母や妹、弟のことも心配いらないと言ってくれているなら、この話を受けたほうが今より状況はよくなるのかもしれない。

総合的に考えてみて、この話、柔軟に考えて素直に受け入れてみるのもありなのかもしれないと思い始める。

「どうして……そこまでして、偽装結婚をする必要があるんですか？」

単純に疑問が浮かんで訊いてみる。

リスクも、負担もあるはずなのに、そこまでする理由を知りたい。

「煩わしいんだ。結婚という誓いで、誰かに縛られることが。すべてはそれから逃れるためだ」

要は独身貴族でいたい、みたいなことか……。

確かに、誰かと一緒になれば様々な部分で縛られることになる。

独身の頃の自由はなくなってしまう。

それに、高坂機長のような家柄、身分だと、一般人より結婚というものは面倒くさそうだ。

切れ長の目にじっと見つめられて、気づけば「わかりました」と返事が出てきていた。

「ありがとう。話を理解してもらえて助かる」

高坂機長は真剣だった顔に微笑を浮かべ、「じゃあ、これからの話をしよう」とティーカップを手に取った。

3、偽りの夫婦生活

十一月半ば。

雲ひとつない晴天で気持ちがいい秋の空が広がる。

「なんだかんだ、いざ姉ちゃんが家からいなくなるってなると不安だよなー」

引っ越し業者が出入りし、玄関から運び出されていく段ボール箱を前に蒼がそんなことを口にする。

「蒼、少しはお姉ちゃん離れしなさい。これからはお姉ちゃんがやってくれてたこと分担してやるんだからね」

奈子に厳しいことを言われた蒼は、「はいはい」と気怠そうに返事をする。

「真白、これで通勤は便利になるし、よかったね」

「おばあちゃん、うん、ありがとう。奈子と蒼のことで負担かけちゃうと思うけど、私も、帰れるときは戻って手伝いするから。よろしくお願いします」

祖母は「大丈夫よ、ふたりともいい子なんだから」と皺の寄った笑顔を見せた。

今日は、いよいよ生まれ育ったこの家を出る日。

とうとう高坂機長との偽装結婚が始まるのだ。

家族には、もちろんその事実は話していない。

私の単身での引っ越しは、前々からほんの少し話題には上がっていた。

仕事のシフトが不規則な上、この家から自転車で通勤するのは大変だろうと祖母に散々言われていたのだ。会社の用意してくれるマンションに移り住んだほうが生活が楽だろう、と。

今回はその話を使って、会社のマンションに空きが出たから引っ越すことに決めたと切り出した。

祖母はよかったと言ってくれ、奈子と蒼も想像していたよりもすんなりと話を理解してくれて引き留められることはなかった。

ふたりとも未成年とはいえ、私が思っているよりも大人の階段を上っているのだろうと感じた。

ただ、私が一緒に生活をしなくなる分、家事などの負担が増えることにわずかなブーイングはあったが、それも冗談のような調子だった。

玄関先で話していると、最後の段ボール箱を運び終えた引っ越し業者のスタッフに「以上でしょうか？」と声をかけられ、すべて運んでもらったと返事をした。

「じゃあ、また落ち着いたら連絡するね」

玄関先で「気を付けてね」と見送ってくれる三人に別れを告げ、閉めたドアの前で胸がわずかに締め付けられる。

本当は、偽装結婚なんて幸せになれない関係を、付き合ってもいない職場の男性として家を出るのだ。

家族がそれを知ったらショックだろうし、絶対に事実を語ることはできない。

ここに戻ってくるのは、高坂機長の偽物の妻として役目を終えたとき。

そのとき、何事もなかったように帰ってくればひとつも心配はかけないで済む。

少し心が痛むけれど、自分の中でなんとか消化して、迎えのタクシーに乗り込んだ。

高坂機長に指定された引っ越し先は、羽田空港から車で十五分ほどの湾岸エリア。

偽装結婚を始めるにあたり、新たな住まいを準備してくれた。

タクシーから降車し、聳える高層タワーを見上げて絶句した。

ま、まさかここの上のほうでは……。

そういえば引っ越し業者は運び込む部屋を把握しているようだったけれど、私は現地集合と言われていて詳しくは聞いていない。

マンションエントランスに向かいながら、スマートフォンを取り出し高坂機長の連絡先を出す。

電話をかけると、三回目の呼び出しで《はい》と彼の声が聞こえた。

「あ、三森です。今、指定されたマンションのエントランスに着きました」

《わかった。今、コンシェルジュに連絡して開けてもらう。そのまま待っててくれ》

「はい、お願いします」

上で高坂機長が解錠してくれると、エントランスの自動ドアが開く。

「開きました」

《入って、エントランスロビーの先にコンシェルジュカウンターがある。その奥がエレベーターホールだ。今、下まで降りる》

「わかりました。待ってます」

エントランスロビーの奥には滝のように水が流れる仕掛けがあり、待合いのソファセットも多数用意されている。言われた通りコンシェルジュが在中していて、ハイグレードマンションだというのが入場数十秒で思い知らされた。

コンシェルジュに会釈をされ、緊張しながら奥のエレベーターホールに向かう。

エレベーターは全部で三基あり、そのうちの一番奥の扉がポンと音を立てて開いた。

「お待たせ」

現れた高坂機長は、ブラックの薄手ニットにダークグレーのテーパードパンツという私服姿。身長があってスタイルがいいからモデルのような出で立ちだ。

「こんにちは」と頭を下げた。

「このまま上がろう」

自分が乗ってきたエレベーターに私を促す。

「キーがないと自分の居住階に上がれないセキュリティになっている」

そう言って高坂機長が指定したのは二十七階。

目的の階数がとんでもなく高層階で、上がることが躊躇われた。

嫌な予感はしたけど、やっぱりそうだよね……。

上昇する感覚だけでその場に座り込みたくなる。

幸いエレベーターはあっという間に目的階に着き、降りることができた。

居住階は共用廊下に絨毯が敷かれ、ホテルライクな雰囲気が漂う。

「この部屋だ」

高坂機長の後に続いて向かった先は、フロアの最奥の部屋。

カードキーで認証し、黒い扉を開ける。

「わぁ……広い玄関」

白色の大理石の玄関は清潔感溢れる明るい印象。壁際には天井までのシューズクローゼットがあり、シューズコレクターでも満足ができそうだ。

玄関を上がると、ダークブラウンの木調の床が続く。

高坂機長の背を追って奥のリビングに入ると、その広さに思わず足が止まった。

これは何十畳あるのだろう。実家のリビングの数倍はある。四、五十畳だろうか。

しかし、奥に見える大きなガラス窓の向こうに広がる景色に足がすくむ。

あの目の前まで行ったら、怖くて震えてしまうに違いない。

小学校の社会科見学で都庁の展望台に行ったときも、先生に事情を話して上がることを辞退した。

二十七階なんて、人生で初めての高さだ。

「好きに見てもらって構わない。君の部屋も用意してある」

「はい、わかりました」

リビング、ダイニングキッチン、さらに洗面室とバストイレは個別にあり、プライバシーが守られる造りでホッとする。他に洋室が三つあり、ひとつずつ見て回った。

でも、時折見える窓からの景色に〝ひっ〟となって落ち着かない。

こんな状態でここで住めるのか不安しかない。

「どうした、なにかあったか」

「えっ？」

ひと通り見て回り、リビングの片隅に佇んでいると、高坂機長が訝しげな顔をして私を見つめてくる。

「気分でも悪いのか。顔色がよくない気がする」

指摘され、ドキッとしてしまう。反射的に「だ、大丈夫です！」と声が出ていた。

「いやぁ、でも、素敵なお家ですね！」

「来たときから様子を見ていて思ったが……もしかして、高いところが苦手だったりするか」

「えっ！」

まさかのご名答に素っ頓狂な声が出る。

「高所恐怖症、なのか……？」

普通なら高層階からの眺望に感動したり、いつまでもガラスにはりついて眺めたり、きっとそんな反応なのだろう。

それが、ガラスからなるべく離れ、外を見ないようにしているのだから察しがついて当然かもしれない。

「すみません。少し、苦手というか……」

もう隠してもしょうがないと観念して正直に白状する。

「謝ることじゃない。どうして隠してたんだ」

そう訊いた高坂機長は、「いや……」と言葉を続ける。

「初めに確認しなかったのが悪かった。ここに連れてこられたら、言いづらくもなるよな」

「すみません。でも、少しずつ慣れるように努力してみますので」

高坂機長はスマートフォンを手にし、どこかに電話をかけ始める。

「慣れる？　無理に努力する必要はない。——あ、お世話になっております、先ほどご連絡いただきました、本日入居の高坂です」

通話の相手との会話が始まり、黙ってその様子を見守る。

「——急ですが、低層階の物件の空きがあれば、移りたいと思い。もしなければ、別の物件でも構わないです」

え……？　この部屋をやめて別の場所に引っ越しし直すってこと？

「ええ、それは構いません。こちらの勝手な都合ですので。……そうですか、助かります。では、早急にお願いします」

通話を終えた高坂機長は「よし」と小さく息をつく。

「ああ、あの、今の電話って……移りたいって」

なんともなさそうに言葉を返され目を見開く。

「ああ、ここの二階の物件がちょうど空いているそうだ」

「えっ、本当に移るんですか？」

ひと際声のボリュームが上がった私に、高坂機長は不思議そうな表情を見せた。

「なにか問題があるか？　もしかして、二階でも厳しいか」

「に、二階は大丈夫です。いや、そういうことではなくて」

「それならよかった。これから不動産会社の担当者が来てくれるそうだ。下のエントランスロビーで待とう」

私の返事に、『よかった』と真っ先に出てきた言葉にどきりと鼓動が弾む。

高いところが苦手だと知って即座に対応してくれた行動の速さに、驚きと申し訳なさが募る。それと同時に、じわじわと嬉しさが込み上げているのも確かで。

強引にこの偽装結婚の話が進み、俺様で自己中心的な人なのかもしれないと少し思っていたけれど、こうして気遣ってくれる一面があることを知った。

それから一時間もしないうちに不動産会社の担当者が現れ、同じマンションの二階にある物件を案内された。

普通は契約後にあっさり変更できないはずなのに、段取りがスムーズで早かった。普通の客だったらこんな対応はしてもらえないだろうから、やはりＪＳＡＬの御曹司という肩書きがあるからかもしれない。

そのまま業者が荷物を二階の部屋に運び込み、二十七階からの引っ越しが完了した。

「わぁ……庭がついてる」

間取りは上階と同じようなものの、リビングの窓の先はバルコニーになっていて緑の植え込みもある。

中央にはすっと背の高いシマトネリコがシンボルツリーのように立っていて、小さな葉がさわさわと揺れていて癒やされる景色が広がっていた。

「ここなら住めそうか」

バルコニーを眺めていると、いつの間にかとなりに高坂機長が立っていた。きめ細かい肌と整った顔を間近にして緊張が高まる。

こうして直接関わりを持つようになった今でも、ふとしたときにどきりとしてしまう。心臓に悪い……。

「はい、ありがとうございます」

「俺は今から契約の関係で少し出かけてくる」

急に物件を変更したから、手続きなど余計な用事が増えてしまったのだろう。

申し訳ない気持ちが押し寄せる。

「すみません、お手数かけてしまって」

また謝った私に、高坂機長はふっと口角を上げた。

「そう思うなら、今晩一緒に食事でもしよう。今後のことも話したい」

「わかりました」

「荷解きでもしておいてくれ。夕方頃には戻れると思う」

高坂機長はそう言って、ひとりリビングを出ていった。

新居のマンションでひとりになったのは十四時を回った頃。

高坂機長に言われた通り、運び込んでもらった荷物の荷解きを始めた。

私の荷物は衣類や生活用品だけで、引っ越し業者の単身パックで十分に間に合う程度。家具や家電に関してはなにも持ち込んでいない。

割り当てられた自室には、広々としたクローゼットがあり、そこに開けた段ボール箱から衣類をハンガーにかけ吊るしていく。

畳んで仕舞いたい服や下着などを入れる収納ケースが必要だと気づき、仕舞えないものはそのまま段ボール箱ごとクローゼットの中に収めた。

すぐに必要な最低限のものを出し終え、空いた段ボール箱を畳んでまとめる。

用意してもらった私の部屋には、アイボリー色のラグにレモン色のカウチソファが置かれ、他にも作業ができるデスクに本棚なども設置されている。居心地のいい落ち着いた雰囲気の部屋だ。

住まい全体のインテリアはコーディネーターに依頼したらしく、部屋はモデルルームのようで驚いた。

自室の片付けがひと段落し、部屋を出て改めて新居を見て回る。

広いリビングダイニングをぐるりと一周し、廊下に出てすぐにあるバスルームの扉を開ける。

ホテルライクなダブルシンクのパウダールームは大理石調で、奥に続くバスルームものびのびと入れる広さがある。

私の自室の向かい側にある高坂機長の部屋は扉が開け放たれていて、ちらりと覗いた中にはまだ積まれた段ボール箱が並んでいた。

部屋の雰囲気は、私の部屋とはまた違ったダーク調のコーディネート。

最後に、リビングダイニングから続く扉を開く。

大きなガラス戸の向こうは、リビングと同じ景色が望める。

その部屋の中には、大きなベッドがひとつ。ダブルサイズ以上のものだ。

私たちの結婚は、周囲に対して夫婦として振る舞うという約束。プライベートな空間では、別に夫婦でいる必要はきっとない。

とはいえ、もしこの夫婦として生活している家に誰かが訪問して、寝室を見る機会があったとしたら……。自室でそれぞれのベッドを持ち、寝室は別にしているとなれば、新婚夫婦が別々に寝ているのかと心配される。もしくは、偽装結婚だとバレるきっかけになる可能性もあるかもしれない。

そこまで考えれば、このふたりでひとつの寝室は用意周到ということだ。

でも、本当の夫婦でもないのにひとつのベッドで眠るというのはどうなのだろう。

この部屋の見栄えは上出来として、高坂機長は普段の寝起きはどういった形を考えているのかわからない。

それも、今晩訊いてみないとな……。

腕時計に目を落とすと十五時半をまわっている。

ふと、高坂機長と話したことを思い出し、キッチンに向かう。

新品の黒い大きな冷蔵庫を開けてみると、もちろん中身は空っぽ。冷気だけが漂ってくる。

私が高層階が苦手なせいでこの二階の部屋を契約し直すことになり、高坂機長には余計な仕事を増やしてしまった。

帰ってきたらすぐに食べられるように、夕飯くらい用意しておいたほうがいいよね。

夕飯を一緒に食べながら今後の話をしようとも言われた。

そうと決まれば食材を買いに出かけようと、急いでマンションを後にした。

マンション周辺を散策しながら、スマートフォンの地図アプリを頼りにスーパーマーケットを探した。

徒歩五分圏内に大型スーパーマーケットがあり、買い出しは近場でできることがわかった。

遠くなくてよかったとホッとしながら、今晩の食材選び。

高坂機長の好みもわからないまま、売り場を眺めてなんとなく食材を取っていく。

アスパラガスに玉ねぎ、エビをかごに入れ、パスタ料理にしようと決める。

調味料も少しずつ買い揃えていかないといけないと思いつつ、今日はオリーブオイルと塩コショウ、醤油、コンソメや出汁パックなどを購入した。

なんだかんだ買い物袋は両手に提げるほどの大荷物となり、行きとは違うゆっくりとした足取りでマンションに帰還した。

帰宅後すぐ、買ってきた食材を仕舞い、そのまま夕飯の準備に取りかかる。

小学校六年生あたりから、キッチンに立つような生活を送ってきた。

中三のとき、母が突如家を出ていってからは本格的に食事の準備をするようになり、自然と料理は身についていった。

今晩のメニューは、エビとアスパラのバジルソースパスタ。それにオニオングラタンスープと、デザートには特売だったぶどうを使ってゼリーを用意する予定だ。

すべての料理の食材を先に処理し、同時進行でパスタのソースとオニオンスープ、ゼリーを作っていく。

一番先に仕上がったのはぶどうゼリー。ミルクと二層になっているものと、紅茶味のものを用意してみた。適当な容器に粗熱が取れてから注ぎ、ぶどうを沈める。あとは冷蔵室で冷やし固めたら完成だ。

オニオングラタンスープは玉ねぎが飴色になってからスープにし、しっかりめの味をつけて、焼くだけの状態にしておく。

パスタのエビとアスパラのバジルソースも仕上がり、あとはパスタを茹でるだけというタイミングで、リビングのドアが開いた。

「戻った。……なにしてるんだ？」

帰宅しリビングに入ってきた高坂機長は、私のほうを見て不思議そうにわずかに目を大きくする。

「えっ、あ……夕飯の用意をしてました」

特に疑問もなく買い出しをして夕飯の支度をしていたけれど、よくよく考えてみれば、余計なことだっただろうか。

偽装結婚をするというだけで、本当の夫婦ではないのだ。言ってしまえば同じ空間では過ごすけれど、実際は他人なわけで。他人の手料理は受け付けない人だっているだろう。

それなのに勝手に食事の用意なんてしちゃって……。

「一緒に食事をしようとは言ったが、作ってくれているのか」

「え……？」

失敗したと思った矢先、高坂機長から予想外の言葉がかけられた。

私が立つキッチンに入ってくると、調理の様子を覗く。

「パスタか」

エビとアスパラガスがごろごろ入ったバジルソースのフライパンと、パスタを茹でるための鍋が湯気を立てている。

「はい。あと、スープと、デザートを簡単にですが」

高坂機長はボソッと「すごい」と言い、「なにか手伝うことはないか」とシンクで手を洗い始めた。

「手伝うことですか。そうですね……あとはパスタを茹でるのと、グラタンスープを焼くくらいなんですけど」

「食器もまだ満足に揃ってないだろう」

「いえ、とりあえず今日のところは大丈夫かと」

頭上のキッチン収納の扉を開き、背伸びをしてプレートに手を伸ばす。

やば、届かなそう……。

なにか台でも持ってこようと思った矢先、それを見ていた高坂機長が食器棚から、パスタに使えそうなプレートを三種類取り出してくれる。

苦労なくプレートを取り出してしまう高身長にドキッとしてしまった。

「ありがとうございます」

「どれがよさそう？」

「あ、じゃあこのブルーのプレートで」

選んだプレートと同じものをもう一枚取り出し、使わないものを仕舞ってくれる。

背が高いとこういうとき楽々で羨ましいなとその姿を眺めていた。

「ありがとうございます。あとは、もう盛り付けるだけなので」

「じゃあ、テーブルの支度をしておく」

「はい、お願いします」

手早くスープをグラタン皿に入れ、チーズとフランスパンをのせてオーブンへ入れる。沸騰したお湯にふたり分のパスタを入れて茹で始めた。

鍋の中でくるくると踊るパスタを見つめながら安堵する。

食事を用意して気まずい雰囲気にならなくてとにかくよかった。

でも、やっぱり先走ってしまった感は拭えない。

そういうことを含めて、ここでの生活についても訊いておかないと……。

茹で上がったパスタをフライパンに移してソースとからめ、プレートに盛り付ける。

ちょうどいいタイミングでオーブンも鳴り、スープグラタンも仕上がった。

ダイニングテーブルは高坂機長がセッティングをしてくれていて、ふたり分のパスタとスープを運ぶ。

向かい合って席についた。

やっぱり目の前の光景が不思議に思えて仕方ない。

店でもない、マンションのダイニングで、高坂機長と食事を前にしていること。

これはいつまでも慣れなそうだ。

「嫌いなもの、ありませんでしたか？」

なにも訊かずに好き勝手に作ってしまった夕食。アレルギーでもあったりしたら大変だ。

「なにもない。むしろ好きなものばかりだ」

「そうですか、それならよかったです。お口に合うかわからないですけど……」

高坂機長は早速フォークを手にして「いただきます」とパスタを口に運ぶ。

ついじっと食べる姿を見つめてしまいそうになったけれど、食べづらいだろうと思い自分もフォークを手に取った。

「……お、うまい。バジルパスタ、店で食べるのみたいだ」

「本当ですか？　それならよかった……」

「オニオングラタンスープも好きなんだよな」

口にも合ったようでホッとする。とりあえずよかった。

「料理はよくするのか」

「はい。できるときはやってました。祖母が家にいるので、キッチンには立ってくれるのですが、腰を痛めたりしていて、なるべくは私が」

「妹と弟がまだ学生と言ってたもんな」

「はい。でも、みんなよく手伝ってくれます」

私が今回家を出ることで心配も多くある。祖母は家のことは気にしないでと送り出してくれたけれど、気にかけないでいるなんてことはやっぱりできない。

「初めに約束した通り、君の家族の生活はすべて面倒をみる」

「あ……」

確かに始まりはそんな条件で話していた。

祖母と妹に弟、四人での暮らしは豊かではなく、それを踏まえて偽装結婚の話も断ろうとした私に、家族の面倒もみることを条件にすると交渉され話を呑んだからだ。

でも、やっぱりそこまでしてもらうのは申し訳ないし、そんな義理もない。

「そのことなのですが、そこまでしてもらうのは申し訳ないです。ここでの暮らしも、すべて高坂機長にお世話になるのに、さらに私の実家のことまで……」

偽装夫婦の共同生活では、すべて高坂機長がその資金を負担すると言っていた。このマンションの用意から、住むにあたっての光熱費、食費に雑費。そこにさらに私の家族の支援までなんて申し訳ない。

「ですので、実家にはこれからも私自身で支援を続けますので、大丈夫です」

はっきりとそう伝えると、高坂機長はしばらくなにかを考えた後、「わかった」と言う。

「でも、少しでも困ることがあったら相談してくれ。無理を言ってこの生活をしてもらっているんだ。当たり前のことだから」

話を理解してもらい、ホッとする。「ありがとうございます」と素直にお礼を口にした。

「そんな事情もあり、実家のほうに帰ることもあると思います」

「ああ、それは構わない。家族は大事だからな」

理解があってよかった。

でも、考えてみればここに住むというのも〝夫婦の巣〟として必要というだけであり、実際に夫婦生活を送るわけではない。秘密の共同生活が始まっても、お互いの事情でこれまでの生活スタイルは崩さずにやっていくのだ。

「あの、これから私はなにをすればいいんでしょうか……？」

訊きたいこと、確認しておきたいことは考えればいくらでも出てきそうだ。

「そうだな。まぁ、そんなに難しいことはないと思ってる。もうこうして一緒に住む形にもできたし、あとは必要があればお互いをパートナーだと紹介すればいい」

「なるほど……」

「だからといって、公表はしない。実際は籍を入れているわけではないからな。ただ、こっちが夫婦だと言ってしまえば、それが偽装だと見抜かれることはまずないだろう」

パスタをフォークにくるくると巻き付け、「相当手の込んだ調べ方でもしない限りな」と言った。

「確かに、そうですね」

「今どきは姓も旧姓のまま働く女性も多いからな。そういうことにしておけば問題ない」

職場の人間に対して、接客業であればお客様に対して、旧姓のほうが馴染みがあるという理由で結婚後も旧姓を名乗っているのは周囲でもよく聞くことだ。

「要するに……高坂機長であれば、難波さんに対して私が妻だと伝えるということですよね」

「ああ。あと、必要があれば、俺と彼女の親にも。親同士が繋がっているから、少し厄介だな」

「事情は詳しくはわかりませんが、ひとつ疑問に思うのが、私と結婚したということにご両親はなにも言わないでしょうか？」

難波さんは父親が会社の上層部にいるご令嬢という立場だ。だから縁談の話が持ち上がったに違いない。

親同士も知り合いという安心感ある縁談を蹴って、どこの馬の骨かもわからないグランドスタッフと一緒になったと知れば、待て待てとなるのではないだろうか。

「それは特に問題ない。縁談は持ってはくるが、どこぞのご令嬢と一緒になってほしいというわけではない。家族を持てば、社会的に信用も得られるとは言われる」

「なるほど……」

ということは、大きな問題はないということだけど……。

「あの、あのとき話してもらえなかったこと……追々話してもらえると言っていましたが……？」

「あのとき？」

「私に声をかけた理由、というのです」

ずっと気になっていたこと。ほとんど面識もない私にこんな重大なことを頼んでくるなんて、どうしてだろうと疑問だった。

契約にも応じたわけだし、話してもらえるだろうか。

「ああ、そのことか。あのときは、偽装結婚をしてもらえる確証が欲しかったがために、追々、なんてもったいぶるような言い方をして悪かった」

「いえ、それは」

「それは単純な理由だ。君が俺に興味がなかったから」

「え?」

興味……?

どういうことだろうと、じっと高坂機長の目を見つめる。

彼は見当がついていない私を見てくすっと笑った。

「噂話にも参加しない。なんなら俺のことも知らなそうなところがよかった」

「えっ? いや、高坂機長のことはちゃんと知ってましたよ!」

「いや、知ってはいたかもしれないけどな。認知的な程度では」

慌てて弁解した私を高坂機長はまたくすっと笑う。

認知的な程度って……。

「そんなことないですよ。私の同僚はみんな高坂機長のことを話してきますし、一日に一回は誰かしらから名前は聞いてますから」

「でも、君から話題に出したことはないだろ？」

「私から……？　そうですね、ないです」

今度は食事の手を止め、肩を揺らしてくっくっと笑う高坂機長。

そんなに面白いことを言っただろうか。

「つまり、そういうところを気に入ったということ」

要するに、私が高坂機長の話題で盛り上がらないからということらしい。

まったくもってよくわからない。

だって、自分に興味がある相手のほうがもっと協力してくれるだろうし、話もスムーズにいくはずなのに。

「あともうひとつ。君の仕事ぶりを評価しているからだ」

「仕事、ですか？」

「ああ。フライトを助けてもらったこともある。俺が機長として働きだした頃だ。君は覚えてないかもしれないけどな」

高坂機長のためになにかしたという意識はないけれど、仕事に従事している上で手助けになったことがあったのだろう。

「そうでしたか。それは、よかったです」

「君は、なんの下心もなく普通に仕事をしていただけだと思う。だからこそ、好感を持てたのは事実だ」

高坂機長の言う通り、誰が関わっているから、誰と一緒の仕事だからと、そういう感覚で仕事をしているわけではない。

すべてはお客様のため。それだけだ。

「仕事は、自分にできる精一杯でやっているつもりなので、そんな風に評価していただいているならありがたいです」

「ああ、君ならそんな風に言うと思ってたよ」

まさか仕事のことを評価し褒められるなんて思ってもみず、嬉しいしくすぐったい。

平静を装ったけど落ち着かず、まだあまり食べ進められていないパスタをぐるぐるとフォークに巻き付ける。

「まぁ、声をかけた理由はそんなところだ。俺に関心のない君なら面倒が起きなそうだし、仕事の姿勢を見ている限り真面目で常識的な人間だと思ったということ。これで答えになったか」

「はい。だいたいは」

「それと、君にとっても俺が役立てば悪い話ではないと思った」

宮崎さんのことだ。

「君が言い寄られているところを数度見かけたのが、この偽装結婚の話を持ち掛ける後押しになったのも確かだ」

「その節は、ありがとうございました。あれからは、特になにもなくで」

「昔付き合っていた相手なら、簡単に諦めないかもしれない。今は落ち着いても、またいつ接近してくるかわからないからな」

確かに、始まりもそうだった。別れてしばらく経ってから、思い出したように私の前に頻繁に姿を見せるようになった。

高坂機長の言う通り、もう絶対に現れないとは言い切れない。

「そのための魔除けにでもなればいいと思ってる。さすがに結婚したと言われれば諦めるだろう」

「そうですね。では、もしそういう必要があれば、遠慮なく高坂機長とのことを利用させてもらいます」

「ああ、そうしてくれ。それから、その呼び方」

呼び方？

「もう夫婦としてやっていくんだ、〝高坂機長〟はおかしいだろう」

「あ……」

確かに。嘘の関係が速攻でバレてしまう。

「下の名前で呼ぶようにしよう。俺も、三森さんはやめて、真白と呼ぶ」

初めて下の名前で呼ばれて不覚にもドキッとしてしまう。同時に、私の下の名前を知っていたんだと驚く。

「では、私は……遥さんと呼びます」

「そうだな。慣れるように普段からそう呼んでくれ。いざというときにボロが出たらまずいからな」

「そうですね」

話が一旦落ち着き、食事の続きを始める。

遥さんは私の作ったパスタとスープを綺麗に完食してくれて、また「うまかった」と感想を述べてくれた。

「あの、もうひとつ訊きたいことがありました」

食事を終え、食器を下げようと立ち上がったところに声をかける。

寝室の件を訊けていなかった。

「なんだ」

「寝室の件、なんですが……」

ちらり、とリビングから繋がる扉に目を向ける。

「形として、あのような寝室があると解釈しているんですが、自分の寝床の用意をしてこなかったもので……」

「自分の寝床？　別に、普通にあのベッドで眠ればいいだろ」

「え？」

それは、あのひとつのベッドで一緒に寝るということ？

「いや、それは、いろいろな意味で問題がありませんか？」

「問題？　俺が君を襲うだとか、もしくは君が俺を襲うだとか」

「えっ、いや、違っ」

さらっとすごいことを言われて動揺を露わにしてしまう。

顔まで熱くなってきた私を、遥さんはくっと笑ってキッチンに入っていった。

「俺は今のところその気はない。君も俺に対してその気がなければ、そういった間違いは起こらないから大丈夫だ」

そういう言われ方をしてしまうと、もうそれ以上返す言葉が出てこない。

「それに、普段から普通の夫婦のように振る舞っていれば、少しはらしく見えるだろう。そう思わないか?」

「そ、そうですね……」

ひとりでぐるぐる悩んでいたこともあっさりと解決され拍子抜けする。

「あ、デザートがあるので、今出します」

再びダイニングテーブルに戻ってきた遥さんと入れ替わるようにしてキッチンに向かう。

冷蔵庫の扉を開け、扉に隠れるようにして「ふう」と息をついた。

今まで〝高坂機長〟に対しては、クールでどちらかというと口数が少なそうなイメージを持っていた。

だけど、蓋を開けてみればずばずば物を言うし、ちょっと俺様気質!?

接してみないとわからないものだ。

冷やしておいたぶどうゼリーはいい感じに出来上がっていてホッとする。

「ぶどうゼリーなんですけど、ミルクと二層のものと、紅茶味を作ってみたのですが、高坂機長はどちらがいいで――」

ゼリーをキッチン台に出し、スプーンを添えてダイニングテーブルへ運ぼうと振り返ったところ、すぐ目の前に遥さんが迫っていて固まる。

「遥、だろ？」

どこか意地悪っぽい微笑を浮かべて呼び方を正されて、鼓動が大きく打ち鳴った。

「あっ、はい……」と、心臓の爆音をごまかして咄嗟に返事をする。

「紅茶のほうで」

「紅茶味、わ、わかりました」

動揺を露わにしている私をよそに、遥さんは踵を返す。

「デザート付きなんてフルコースだな」

そんなことを言いながらキッチンを出ていった。

ちょっと、初っ端からこんなんで、私、大丈夫……⁉

なかなか落ち着かない鼓動を抱え、冷えたゼリーを持ってキッチンを後にした。

＊　＊　＊

透き通ったアメジストのようなゼリーの中に、大粒のぶどうが三つ。

スプーンでつつくといい感じにふるふると揺れる。

「いただきます」

食器を下げ始めた彼女に声をかけると、「はい、どうぞ」とてきぱきとした声が返ってきた。

少し前のやり取りを思い返し、思わず笑いが込み上げる。

『いや、それは、いろいろな意味で問題がありませんか？』

動揺を露わにした姿に、ちょっとからかってみようかと試しに少し攻めた言い方をしてみた。

期待していた通りの反応が返ってきてワクワクが止まらない。

キッチンに立つ彼女の姿を目にして、やっと話がまとまったことに安堵と達成感のようなものを感じている。

偽装結婚――こんな話を持ち掛けて、彼女を頷かせるのは難しいかもしれないと思っていた。

案の定、ほとんど即答でお断りをされた。

信じられないという驚きの表情。〝この人はなにを言っているの？〟と、そんな怪訝な表情も垣間見えた。

それでも誠実な彼女は、日を改めた交渉に応じてくれた。

そして、こちらの提案を受けられない事情も真摯に打ち明けてくれたのだ。

そんな彼女の姿勢をますます気に入ったことは言うまでもなく、なんとしてでも話を引き受けてもらいたいと思った。

でも、今思い返してみると、必死すぎる自分のやり方はどことなく小癪で、間違いなく汚かったとも反省している。

結果、彼女が応じてくれることになったから丸くおさまっただけであって、全力で拒否されれば脅迫とも言われかねない。

そんな風にして始まった関係だけど、今日は彼女の性格を顕著に目の当たりにした出来事があった。

用意した住まいで、実は彼女が高層階が苦手だというのを知ったのだ。

自分が知る女性たちなら、すぐに抗議をし、今すぐなんとかしてほしいと訴えてきただろう。

しかし彼女は、抗議するどころかそれをひた隠し、我慢して耐えようとしていたのだ。慣れるように努力する、なんて言葉まで出てきた。

遠慮したり取り繕ったりするのは、まだ関係が築けていないからというのはあるかもしれない。

それを加味してでも、彼女の様子、仕草、言動で人間性は露わになった。

だから迷うことなく、契約した物件を変更したいと相談した。

無理な交渉を呑んでくれたからというのもあったけれど、なにより目の前にある不安を取り除いてあげたいと思ったのが強かった。

「デザートもうまい」

「本当ですか？　それはよかったです」

所用を済ませて帰宅して、予告もなく食事の準備をしてくれていたことには意表を突かれた。

慣れない場所でひとり買い出しに行き料理を振る舞ってくれたことに、口に出した以上に内心喜んでいた。

まさか、引っ越し初日に彼女の手料理を食べられるとは思いもしなかったから。

料理はすべて美味しかったし、なによりその気持ちが嬉しかった。

「ぶどう、そのまま出すか、ゼリーにするか迷ったので、正解でした」

さっきの寝室問題の話題が気まずかったのだろう。自分の分のゼリーは出さず、キッチンに入って食器の片付けを始めている。

食器を洗いながら彼女は微笑む。

まだまだよそ行きな表情は、俺が心を許せない相手だから。

お互いに探り合いながら様子を見ているこの感覚が、どこか新鮮でなんとも言えない緊張感に包まれている。

でも、関わるようになって、自分の見る目は間違いなかったとも実感していた。

お互いにとってメリットのある関係になれたら悪くない。

この偽装結婚は、彼女にとっても俺にとっても明るい未来のために始めたのだ。

4、偽装夫婦の休日デート

赤や緑、ゴールドの装飾が街のいろいろなところで目につく十二月上旬。

世間はクリスマスを間近にして盛り上がりを見せている。

偽装夫婦としての生活が始まって早くも半月。

大小心配があった中始まった偽装夫婦生活だったけれど、思っていたより穏やかに過ごせている。

というのも、遥さんは国際線のフライトでマンションを空ける日もあり、彼が休日の日は私が出勤だったりと、このマンションで共に過ごす日はわずかだったからだ。

パスタを一緒に食べた初日、遥さんが話した通り、私たちは寝室のベッドで一緒に眠った。

ベッドの左右におのおの入り、遥さんは本を読み始め、私はその横でスマートフォンで連載を追っている漫画の続きを読んだ。

男性と同じベッドに入るということ自体が初めてで、最初はとなりにいるだけで落ち着かずに眠れないかもと思っていたけれど、気づけば寝落ちしていてしっかり眠っていた。

遥さんはその後眠ったのだろうけれど、朝起きるとすでにベッドからいなくなっていた。

そんな感じでひとつのベッドで眠っても特に問題もなく、案外こんなものかと安堵した。

偽装結婚なんて、ドラマや漫画の中の世界のことで、それが現実に、しかも自分の身に降りかかって動揺しっぱなしだったけれど、始まってみれば普通に静かに過ごしていればなんてことない。

フィクションのように、次から次へとなにかが起こることもないのだ。


「何時頃に出かけられそうだ？」

ランドリールームで洗濯機の操作をしていると、扉が開き遥さんが顔を見せた。

今日はお互いの休みが合致した日で、新生活のためにもろもろ必要なものなどを買いに出かけようという話になっている。

「時間、合わせられます。もう洗濯機も乾燥かけたところなので」

「じゃあ、そろそろ出るか」

「はい、わかりました」

未だに、ふとしたタイミングで遥さんと接している自分が信じられないときがある。

こうして家の中で一緒に過ごしていると感覚が麻痺（まひ）してくるけれど、この生活が始まってから空港で遥さんを見かけたとき、今までは特に感じなかった自分の変化に混乱した。

鼓動が高鳴り、そわそわ落ち着かないのだ。こんなこと、今までなかったのに。

常に話題に上がるエリートパイロットの遥さんだから、一日に誰かしらから名前を耳にする。そのたびにどきりとするし、平静を装うよう努めているのだ。

こんなことでは、妻だなんて人に知られたら平然としていられるのか不安になる。

支度を終えて玄関に向かい、先に靴を履いていた遥さんと共に扉を出る。

今日の遥さんはアイボリーのケーブルニットに、ブラックのテーパードパンツというモノトーン調の落ち着いた装い。

私のほうは、スモーキーピンクのニットカーディガンに、デニムのロング丈タイトスカートというコーディネートだ。

日に日に慣れつつある豪華なエントランスロビーを通り、向かったのは地下駐車場。

高級車ばかりが並ぶその中に、遥さんの車もある。

車に近づくとロックが解除される電子音が地下駐車場に響いた。

先に助手席に回って遥さんがドアを開けてくれる。

「あの、気を付けて開閉するので、お気になさらず」

こんな風にドアの開け閉めまでさせては申し訳ない。いい車だから、どかっと開けて傷でもつけられたら嫌なのはわかるけど、私が細心の注意を払えばいいだけのことだ。というか、こんな高級車に乗せてもらうのだから、それは必然的に気を付ける。

ところが、なぜか遥さんは「なんだそれ」と、噴き出すようにして笑う。

「別に、車が大事でこんなことしてるわけじゃないぞ?」

「え?」

「奥さんへの気遣い」

爽やかにそんなことを言って、そっと背を押し乗車を促す。

勝手に鼓動が打ち鳴り始めて、慌てて乗り込んだ。その拍子にドアの淵(ふち)に側頭部を強打する。

「いった……」

「おい、大丈夫か」

私の落ち着きのなさに、遥さんは驚いて私を覗き込む。

「大丈夫です」

ほんと間抜けだし、どんくさい。こんなに動揺を露わにする人間も珍しい。

頭をさすりながら笑顔を作ると、ドアを閉めた遥さんが足早に運転席に乗り込んできた。

「なにやってんだよ」

そんな言葉とは裏腹に、側頭部を押さえる私の手を剥がし「見せて」と確認する。

優しく触れられ、さらに胸の高鳴りは加速。

「冷やしに戻るか」

「えっ、いや、大丈夫です。私、よくいろんなところぶつけて痣つくりますし、よくあることですから」

無駄に早口になる。

ちらりととなりの遥さんを見ると、心配そうな表情がやたら美しく目に映り、私の高鳴る鼓動には逆効果。慌てて目を伏せた。

「頭は場合によっては怖いからな。もしなにかおかしかったらちゃんと診てもらったほうがいい」

「ありがとうございます。たぶん、大丈夫ですので。ごめんなさい、出発しましょう」

車に乗り込むだけでこんな大騒ぎになり、もっと落ち着こうと反省する。

動き出した車の中で、しばらく黙って気持ちを落ち着かせた。

マンションを出て十数分。遥さんが運転する車は銀座(ぎんざ)に到着する。

今日は新生活で足りないものを買おうという話だったけど、なにをどこに買いに行くかは聞いていなかった。

この辺りに目的の店があるのだろうか。

有人の駐車場に車を預け、銀座の街に降り立つ。

「銀座は、どこに用が……？」

「婚約指輪と、結婚指輪を用意しようと思ってな」

「えっ」

銀座の街中で素っ頓狂な声を上げてしまう。

遥さんは私を振り返り「驚くとこか」と小首をかしげた。

「いや、そこまでするんだなって」

「そここそ必要だろ。きらっと光らせておけば、それだけで効果絶大だ。小道具みたいなものと思えばいい」

そっか、確かに……。

結婚しているということの証明みたいなもの。遥さんの言う通り小道具のひとつだ。

話を理解して遥さんの後をついていく。横に並ぶと不意に手を取られた。

「っ⁉」

当たり前のように手が繋がれ、指が絡められる。

硬く骨っぽい指の感触に、急激に体の熱が上がった。

「あ、あの」

手を引かれるような形で斜め後ろから声をかけると、遥さんは「ん？」と肩越しに振り返る。

「え、あ、この状態は……？」

「この状態？　なにかおかしいか？　ああ、わかった。こっちのほうがいいか」

そう言った遥さんは、繋いでいる手を離してその手を私の腰に回す。

「えっ、え⁉」

腰を抱かれると手を繋ぐより密着してしまい、あっという間に脈が乱れていく。

「〝夫婦〟なんだから、普通だろう」

「そ、そうかもしれないですけど……！」

動揺を露わにした私の様子に、遥さんはふっと笑う。腰に回した手を離し、再び手を繋ぎ直した。

「こっちのほうがいい？」

「え、あ、はい……」

間違いなく赤面しているだろう顔も恥ずかしいし、どこを見たらいいのかわからない。俯いて、流れ落ちてきた髪で横顔を隠した。

「ずいぶん初々しい反応だな。元彼ともスキンシップくらいはしていたんだろ」

「ス、スキンシップって。そういう、ちゃんとしたお付き合いみたいなのはしてなかったので」

宮崎さんとは、付き合ったというほどの濃い関係ではなかった。

食事に行ったり、ちょっとしたデートみたいなことは数度したけれど、手を繋いだことも肩を抱かれたこともないし、もちろんそれ以上のことだってなかった。

友達以上、恋人未満という言葉がしっくりくるような関係で、尚且つ少しの期間で関係は終わったのだ。

「へぇ、そうなのか」

遥さんの特に興味もなさそうな返しで会話は途切れる。

そんな私とは対照的に、遥さんのほうは女性の手を取るくらいなんともないことなのだろう。

御曹司でパイロットでこの容姿。女性が放っておかないのは私も日頃目の当たりにしているし、これまで多くの人とお付き合いをしてきたに違いない。

訊くことなんてできないけど、七、八人……いや、二桁は優にいってそうだ。だとすれば、女性の扱いにも慣れているだろうし、経験も豊富なんだろうと勝手に想像する。

「ブライダルジュエリーを扱っている店を調べてきたんだ。何店舗か見て気に入ったところでオーダーしようかと思ってる」

週末は歩行者天国になる大通りに出ていくと、遥さんはドアマンが立つ高級海外ブランドの路面店に向かっていった。

「指輪見るのって、ここですか？」

「ああ、まずはここから見てみよう」

こういう高級ブランドの店は縁がなくて、中に入るのも初めての体験。

ただでさえ、エンゲージリングは高額なのに、こんなハイブランドのものとなればとんでもない価格なのでは……？　それを身につけることになるなんて、落ち着かないし、なにより身に余る。豚に真珠もいいところだ。

外国人の大きなドアマンが微笑んでドアを開けて迎え入れてくれる。

落ち着きなくキョロキョロとしていると、遥さんは入り口近くにいたショップスタッフに「すみません」と声をかけた。

「エンゲージリングと、マリッジリングを見たいのですが」

「かしこまりました。ご案内いたします」

スーツ姿のスタッフに先導され、連れていかれたのはアクセサリー売り場。高級感漂う落ち着いた雰囲気で、客も洗練された人たちばかりだ。

「エンゲージリングはこちらになります。定番デザインはこちらになりまして、今年の新作が――」

ケースに並ぶエンゲージリングは、どれも大きなダイヤを輝かせている。

女性誌の広告なんかでしか見たことのないエンゲージリングに完全に尻込み状態だ。

「どういうのが好き?」

「えっ、えっと……」

困った。

この中から、『これがいい！』とは絶対に言えないし、そもそも選べない。

こんな、お値段がいくらするかもわからないものを、この数分の中で選び抜くなんてこと……。

でも、正面にはにこやかに見守るショップスタッフ。横では遥さんが私の意見を求めて待っている。

「遥さんの、好きなもので私は構わないです」

「俺の好きなものって、これをつけるのは真白なんだから。あるだろ？　こういうデザインがいいとか好みが」

「そうですけど……」

私たちのやり取りを見て、ショップスタッフはふふふっと笑う。

煮え切らない私の様子に、遥さんが「ちょっと失礼」と断って私の腕を引いた。

売り場から少し離れたところまで連れていかれる。

「スタッフの前じゃ言いづらいのかと思って。どうした？」

「すみません、ありがとうございます。えっと……なんと言いますか、気に入るデザインがないとかそういう次元でなくて」

遥さんの端整な顔が不思議そうに私をじっと見つめる。

思ったことを正直に伝えてみようと思った。

「身の丈に合っていないといいますか……エンゲージリングっていうだけで身構えちゃっているので、こんな、ハイブランドとなると余計に……」

思いをそのまま伝えると、遥さんは「ちょっと待ってて」と言って先ほどのスタッフが待つ売り場へと戻っていく。なにかを話し、すぐに私のもとへと帰ってきた。

「行こう」

「え?」

手を取られ、店外へと向かっていく。

一体どうしたのだろうと思っているうちに、ドアマンの立つ入り口を出て表の通りを歩きだしていた。

店内で急にあんなことを言い出して、困らせてしまったかもしれない。もしかしたら、怒らせてしまったのかも……。

エンゲージリングを見るのに候補を上げていたと言っていたし、きっと予定を狂わせてしまった。

申し訳ない気持ちがじわじわと押し寄せてきたとき、となりから「悪かった」と謝罪の言葉がかけられた。

「え……? いや、私こそすみません、あんな店内でいきなり」

「いや、構わない。むしろ意見をしてくれてよかった」

返された言葉、声の調子で遥さんが怒っていないことを察しホッとする。

「もっと、ちゃんと話さないとダメだな。勝手に決めて、勝手に進めようとするからこうなる」

反省ともとれる言葉に、思わず「いえ！」と声が出る。

「私が怖気づいただけですから、遥さんがダメとかそういうことではないです」

「そういうことも含めて、事前に話しておくべきだってこと。そもそも、結婚指輪を買いに行くことだってさっき言ったしな」

「それは……確かに驚きましたけど」

今日は生活に必要なものを揃えようとさらっと話していたくらいで、こんな重要な小道具を買い求めに来るとは思ってもみなかった。

「で……どういうところだったら怖気づかず選べる？」

遥さんは私の歩幅にペースを合わせ、横から顔を覗く。見上げると目が合って、ドキッと鼓動が跳ねた。

相変わらず黄金比の綺麗な顔にも緊張するけれど、向き合って話を聞こうとしてくれている様子に胸が高鳴る。

真剣に考えてくれているのを感じて、私もそれに応えなくてはいけないと思った。

「そうですね……緊張は、どこでもしちゃうと思いますが、例えば、普通のエンゲージリングを取り扱う専門店とかですかね？　ハイブランドのお店は入るだけで緊張してしまうから」

御曹司でありパイロットである遥さんからしてみれば、なんとも庶民的な意見かもしれないけれど、もともと住む世界が違うのだから仕方ない。

「そうか、そういう専門店も候補に入れていた」

「そうだったんですか」

「ああ、俺も、なにがいいのかわからなかったからな」

メインストリートを歩いて数分、遥さんが足を止めたのは『Enchant（エンチャント）』とロゴを掲げた路面店。ガラス張りの店構えは店内奥まで様子が窺え、白を基調にした明るい雰囲気のショップだ。

何組ものカップルがショーケースの前で商品を眺めている。

「このお店……名前は知ってます」

女性誌やウェブ広告などで見たことがある。

「ブライダルリングの専門店みたいだな」

「ブライダル専門……それはそれで緊張しますね」

ぼそりとそんなことを口にした私を、遥さんふっと笑う。「入るか」と手を引いた。

初めて入るブライダルリング専門店ということもあり背筋が伸びる思いだけど、客層は同年代と見えるカップルばかり。

ハイブランドショップとはまた違った雰囲気で、こちらのほうが滞在しやすい。

「ここなら選べそうか？」

「はい」

端からショーケースを見ていく。

人気シリーズや新作、企画商品、ロングセラー商品……。

ブライダルリング専門店だけあり、かなりの種類のエンゲージリングがある。

定番の大粒ダイヤもの、美しい湾曲を描いたデザイン性の高いもの。

ショーケースを覗いて「うーん……」と唸る。

「これだけあると悩ましいな」

となりで一緒にショーケースの中を眺める遥さんもそんなことを呟く。

「そうですね……」

「でも、身につけるものだから、真白の好きなデザインを選べばいい」

ふと遥さんの顔を見て、意識とは別で心臓が反応する。

一瞬、なぜだか本当に彼が結婚相手で、エンゲージリングを選びに来ているような錯覚に陥りかけた。

慌ててショーケースの中に視線を落とす。

どうしてなのかはわからない。でも、なぜだか遥さんが本物の恋人に話しかけているような、そんな姿を目にした気がしたのだ。

「やっぱり、こういう定番のものですかね……。こっちのも素敵ですけど」

そもそもエンゲージリングというものは、どのタイミングで身につけるものなのだろう。

日常的につけるのであれば、この大きなダイヤモンドは私の生活には使いづらい。

そんなことをぼんやり考えていると、「よろしければお出ししますので、お声がけください」とショップスタッフから声をかけられる。

「どれか出してもらうか？」

「そうですね……」

ショーケースの中を見ながらどうしようかと考える。

「あの……ここまで来て言うのもなんですけど、エンゲージリングって、つけるのをちゅうちょ仕事柄つけて歩くのも難しいと思ったり」

躊躇しちゃいそうで」

「どういうことだ？」

「なんと言いますか、石？　ダイヤモンドも大きいですし、仕事柄つけて歩くのも難しいと思ったり」

「ああ、なるほど……」

「マリッジリングみたいなシンプルなものならいいと思うのですが」

私たちのそんなやり取りが聞こえたのだろう。ショップスタッフが「よろしければ……」と控えめに声をかけてくる。

「エンゲージリングをつけにくいという方には、最近はエンゲージネックレスというのも人気がありまして。となりのケースにございますので、よかったらご覧になってみてください」

エンゲージネックレス……？

案内されて、遥さんと共にとなりのショーケースに移る。

そこには、リングと同じサイズほどのダイヤモンドがあしらわれた豪華なネックレスが飾られている。

「へぇ……こんなものが」

興味を引かれたものの、今日探しに来たのはリング。

遥さんとしては、指先の目立つところにつけてほしいわけで……。

「これなら普段つけやすいんじゃないか？」

「え……でも、リングじゃないとダメじゃないんですか？ いろいろな意味で」

「いや、そんなことない。さっきも言っただろ、真白の好きなものを選べばいいって。どうする？」

選択肢を与えられて、リングかネックレスか考える。本当に私が選んでもいいのかと思いながら、微笑を浮かべる遥さんに背中を押されて口を開いた。

「では、ネックレスにしたいです」

自分の意見を主張すると、遥さんは「すみません、見せてもらえますか」とスタッフに声をかけてくれた。


エンゲージリングをネックレスにするという大きな変更があったものの、その後、マリッジリングはお互いの意見が合致し、シンプルなものを選択。ほんの少しカーブの入った、指が綺麗に見えるデザインだ。私のほうだけ、小さなダイヤモンドが埋め込まれている。

マリッジリングはセミオーダーになるため、今日はエンゲージネックレスだけを持ち帰ることになった。

予想していた通り、かなり高額になってしまった。

支払いは遥さんがキャッシュで行い、店を出てから銀行ATMに行きたいと申し出ると、その必要はないと断られてしまう。

私たちは本当に結婚するわけではない。だから、こういう出費は折半にしたいと言ったのだけれど、遥さんは頑なにそれを拒んだ。

「俺が持ち掛けた偽装結婚だ」と言って、私から代金は受け取らなかったのだ。

ブライダルアクセサリー選びを終えると、車に乗り込み、マンションから比較的近い豊洲の大型ショッピングモールへと向かう。

過去に数度訪れたことがあるけれど、ここに行けば大抵のものが揃う。

今日のメインだと思っていた生活に必要な物の買い出しだ。

「どこから見たい？」

駐車場からショッピングモール館内に向かう途中、フロアガイドを見つけて遥さんが足を止める。

横に並んでマップに目を落とすと、すっと自然に手が繋がれた。

もちろん慣れない私はそのたびにどきりとして、心音を弾ませている。こんなのいつまでも慣れない気がするけど。

「……そうですね、とりあえず、クローゼットの中の収納ケースが欲しくて」

「ああ、確かにな。他には？」

「あとは、食器とか見られたら」

そう言ってみて、訊きそびれていたことを思い出す。何度も訊こうと思ってそのたびに訊きそびれていた。

結局、マンションで一緒に食事をしたのはあの初日だけ。それ以降はおのおの自分のタイミングで食事をしている。

遥さんからは直近の勤務の知らせはもらうけれど、それに合わせて食事を作り置きしたらいいかもわからず、結局していない。

もし作り置きがありますと伝えて、それを消費しなくてはいけないだとか、負担になってしまったら申し訳ないと思ったからだ。

同じマンションで住み始めたものの、お互い仕事がある故、なかなか生活スタイルは掴めない。

でも、あくまで関係は〝偽装結婚〟。食事をどうしようかとか、そういうのはお節介のような気もするし……。

「じゃあ、とりあえず二階だな」

目的のショップを絞り、フロアガイドを後にする。

平日とはいえ、昼下がりのショッピングモールは行き交う人も多く盛況だ。

しっかりと手を繋ぐ遥さんは、誰かにばったり会ったときのことも想定しているのだろう。

「あの、訊きそびれていたことがあって。訊くまでもないかもしれないのですが……食事についてのことを」

「食事？」

「はい。一緒に住み始めてから半月ですが、遥さんは国際線フライトで家を空けられることもあるじゃないですか？　でも、例えば今日みたいなオフとか、帰宅される勤務のときって、家で食事をされるかな？って」

ここまで言ってみて、思いっきり的を外れたことを言っているとハッとする。

食事はするけど、だからなに？という感じだ。

夫婦ではないのに、余計なお節介を焼くのは迷惑。

そもそも、そういうのが面倒くさいから結婚しているフリがしたかったのに、私がこれじゃ意味がないっていう話で……。

「それって、この間みたいに作ってくれたりするってこと？」

「あっ……ごめんなさい、余計なお世話ですよね。今の発言は気にしないでください——」

「そうだったとしたら、俺はすごく嬉しいけど」

「えっ……？」

　思わぬ反応が返ってきてとぼけたリアクションを取ってしまうと、遥さんは「あれ、違った？」とどこか悪戯な笑みを浮かべて私の顔を覗き込んだ。

　そんな意地悪な表情にも勝手に鼓動が跳ねる。

「ち、違わないです！　ですが、本物の夫婦でもないただの同居人——」

　そこまで言ったところで、それ以上は言うなと言わんばかりに唇の前に人さし指を立てられる。

　遥さんが「こら」とじっと私の顔を見つめた。急激に近づいた距離にドッドッと鼓動が音を立てていく。

「そういうことは外で言わない」

「す、すみません……」

遥さんの言う通り。誰がどこで聞いているかわからないのだ。まだまだ偽装結婚の自覚が足りない。

「そういうわけで、大歓迎ってこと。嫌でなければ俺も料理はする」

「料理できますか？」

「ああ、凝ったものは作れないけどな」

そんな話をしながら向かったのは、二階フロアにある人気生活雑貨店。

トレンドに敏感でオシャレなショップだけど、私の生活には縁がなくて買い物をしたことはない。

ショップに足を踏み入れると、店内はクリスマスムード一色。豊富な生活雑貨に自然とワクワクした気持ちにさせられる。

入り口付近にはクリスマスをモチーフにした雑貨が特集され、大きなクリスマスツリーと共に赤やゴールドの飾りつけが華やかだ。

お目当ての食器コーナーも、グラデーション状に食器が陳列され、見やすく選びやすい。

「わぁ、なんか見てるだけで楽しいですね」

遥さんは「本当に楽しそうだな」とくすっと笑う。

「ひとり暮らしもしたことないので、こういう生活雑貨とか買う機会ってなくて」

とりあえず対で買う食器を吟味していく。

「パスタ皿はあるので、あとこのくらいのサイズのプレートと……」

「サイズ違いもセットで買っておいたらいいんじゃないか？」

「確かに、そうですね。カラーは何色が好きですか？」

「真白の好きなのを選んだらいい」

ああだこうだ言いながら一緒に食器を選んでいく。

ふと、ディスプレイされているマグカップが目についた。

「あ、可愛い……」

白猫と黒猫の少し立体的な絵柄のペアマグカップは、ふたつ並べるとじゃれ合うように寄り添うデザインになる。

「これも買ってく？」

「可愛いですよね？」

「ああ。でも」

遥さんが背を屈めて私の耳元に唇を寄せる。

「ラブラブなカップルみたいだな」

そんな言葉を呟かれて、目を見開いてしまう。

「そんなつもりで言ったわけではないです！　やっぱりやめましょう！」

そんなやり取りをしていたときだった。

「あれ？　高坂？」

すぐ近くから声をかけられ、遥さんと共に振り返る。

そこにいたのは、ＪＳＡＬの桐生七央（きりゅうなお）機長。

空港ではないプライベートな場で会うのは初めてのことだ。

「やっぱり高坂だ」

「桐生、こんなところで奇遇だな」

桐生機長は遥さんと同年代で、遥さん同様、女子たちの話題に頻繁に上がる人。

でも、桐生機長はすでに既婚者。

数年前に結婚したときは、みんなが祝福と共に密かに悲しみに包まれていた。

桐生機長のとなりにいる女性が、噂の奥様なのだろう。

ゆるふわの肩上ボブと色白な肌、ぱっちりとした目が印象的な可愛らしい女性。

情報通の仲間たちから聞いた話によると、奥様は助産師さんだという。

すごく感じのいい方で、私たちに向かってにこりと笑って会釈をしてくれた。

「奥さんとは結婚式ぶりですね」

遥さんがにこやかに奥様にも声をかける。

「ご無沙汰してます。いつもお世話になってます」

そんなやり取りを前に、自分の立ち位置にハッとする。

これは……結婚したと、妻だと紹介される初めての場では……⁉

「三森さん、といったかな」

桐生機長の目が私へ向き、思わず「はい！」と威勢のいい声が飛び出す。

「お疲れ様です！」

この場にそぐわない挨拶をしたような気がして落ち着かなくなったとき、遥さんが
「実は……」と話を切り出した。

「彼女と一緒になったんだ」

対面するふたりの表情が、一瞬意外な話を聞いたように変化する。

そして、次の瞬間には揃ってにこやかな顔になった。

「そうだったのか、知らなかった」

桐生機長は「おめでとう」と祝福の言葉をくれる。奥様も「おめでとうございます！」と言ってくれて、雑貨売り場が突然のお祝いムードに包まれた。

「ありがとう。まだ、公にはしてないんだ。正式には桐生が初めてだ」

「そうか。式は挙げるのか」

「まだ決めてない。ふたりで決めようと思ってるところだ」

遥さんは桐生機長とそんなやり取りをしながら、さっき見ていたペアのマグカップを手に取る。私に向かって「これでいいか？」と訊いた。

「あ、はい！」と返事をすると、遥さんは持っていた買い物カゴにそれを入れる。

「そんなわけで、今後ともよろしく」

「ああ、式を挙げるときは必ず呼んでくれ」

「もちろんだ」

機長同士のそんなやり取りを目の前に、桐生機長の奥様と挨拶を交わす。

ほどなくしてふたりは仲睦まじく雑貨屋の奥へと入っていった。

「びっくりしましたね……」

ふたりきりになると、つい本音が漏れる。

まさかこんなところで桐生機長夫婦に会うとは思いもしなかった。

「こういうことも想定しておかないとな」

遥さんは至って冷静で慌てもせず、私と一緒になったと紹介していた。

私も自分の知り合いに会った場合など、さっきの遥さんみたいに自然な感じで紹介しなくてはいけないのだ。できるのか不安しかない。

「こうやって少しずつ知られていって周知されていくのも必要だからな。まぁ……桐生はそこまで拡散力はなさそうだけど」

遥さんはそう言ってふっと笑う。

桐生機長はクールなタイプだから、噂好きな女子たちとは違うし、今日プライベートで会ったことを職場でべらべら喋ったりしないと、そういう意味だろう。

「こうやって顔を合わせなくても、気づかないうちにどこかで見られている場合もあるだろうしな」

「そうですね……。そう考えると、外に出たら油断できない」

「ああ、でもそれでいい」

遥さんは「これ、買ってくる」と、ひとりお会計へと向かっていった。

ショッピングモールでの買い物を終えると、夕食を食べて帰ることになった。

連れていってくれたのは、炭火焼きグリルを楽しめるレストラン。

すぐ目の前にはお台場の海が広がり、ライトアップされ始めたレインボーブリッジも望める。

お店は一階でオープンテラス席もあり、暗くなり始めた店前に焚かれた松明が目を引いた。

入店すると、窓際の席に案内される。

「考えてみたら、ちゃんと外食をするのは初めてだな」

「そうですね」

遥さんと初めて外で会ったときはアフタヌーンティーだった。

こういうレストランでの食事は初めてだ。

「ビールでも飲みたいところだけど、ノンアルコールだな」

「炭火焼きグリルとビール最高ですね」

先にドリンクメニューからノンアルコールビールのグラスをふたり分オーダーする。

「真白は肉も魚介も嫌いなものはない？　好き嫌いを聞いていなかった」

食事のメニューを眺めていた遥さんが向かいの私に視線を向ける。

「ないです。肉はなんでも好きですし、魚介類も。エビとかホタテとか、好きです。

好き嫌いもないですよ」

「じゃあ、適当に頼むか」

ノンアルコールビールを運んできたスタッフに遥さんが食事のオーダーをする。

炭火焼きで肉や魚介類を食べられるなんて楽しみだ。

「そういえば訊こうと思っていたけど、展示会に出すくらい絵は本格的に描いてきたの？」

遥さんから私の絵についての話題が出てきて目を丸くする。

まだこの関係になる前、代官山の展示会で遥さんを見かけた。

偽装結婚の話を持ち掛けられたときも、絵で収入を得ているのかと問われた。

「いえ、絵は趣味程度で。あのときは、知り合いのクリエイターさんから誘ってもらって何点か作品を飾らせてもらったんです」

「へぇ。でも、誘ってもらえるレベルの絵が描けるってことだから趣味の域を超えてるんじゃないか？」

「いえ、まだまだです。いつかは、個展とか開けるくらいになったらいいなとは思いますけど……でも、今は描くことがただ楽しいので、絵が描けるだけで満足で」

絵で食べていけるようになりたいなんて贅沢な考えはない。

でも、自分の絵を好きと思ってくれる人が少しずつ増えていったらいいなとは思う。

「そうか。この間は、悪かったな」

「え……？」

「絵のことをネタに、ゆするようなことを言って」

「あ……」

偽装結婚を持ち掛けられたとき、絵で収入を得ているのは副業になると言われた。

実際はそんな高額な金額をいただいてはないけれど、そんな風に言われてどきりとしたのは間違いない。

「真白が純粋に楽しんでいる趣味なのに、あんな言い方をした自分は最低だなと思ってた」

「いえ、そんなこと！　事実は事実ですし。って……副業といえるほどの活動はしてないですけどね」

へへっと笑うと、遥さんも微笑を浮かべてくれる。そして、もう一度「本当に悪かった」と真面目な調子で言った。

「君に、今の関係を迫るのに必死だったとはいえ……な。よく話を呑んでくれたな」

「あのときは、正直ちょっと思いました。これって脅されてる？って」

あまり重くならないように、くすっと笑いを交えて話す。

遥さんは「だよな」と言って、再び「ごめん」と謝った。

始まりはいろいろあったけれど、不思議なことに今となっては驚くほど平和な日常を送っている。

それは遥さんの人柄を垣間見るうちに彼への印象が変わっていったからだ。

一緒に住むために今のマンションに移ったとき、私が高所恐怖症だと察して部屋の変更をしてくれたことには驚いた。

脅すような相手にここまでしてくれるなんて。そう思うと、あの言葉は手段のひとつだったのかもしれないと思えた。

そして、純粋に嬉しかった。

「遥さんがただ自分の私利私欲のためだけの人じゃないって、わかりましたから」

「え……？」

「住まいの場所も、私のことを考えて即変えてくださいました。もし、あなたが自分のことだけしか考えない人だったら、そんな面倒なことはしないはずですから」

改めて「あのときはありがとうございました」とお礼を口にする。

遥さんはなぜだかふっと気が抜けたように笑った。

「無理を言って条件を呑んでもらったんだ。そのくらい当たり前だろう」

「それでも、私は嬉しかったので」

話がちょうど途切れたところで、オーダーした炭火焼き料理が運ばれてくる。

バーベキューのように串焼きになっている肉や魚介類を前に、「美味しそう！」と歓喜の声を上げていた。

＊　＊　＊

「美味しかったですね、炭火焼き」

マンションの駐車場に到着し、部屋へと向かう途中、真白が唐突に口を開く。

「なんか、串に刺さっていてバーベキュースタイルでよかったです」

弾んでいる声に、今日の夕食は正解だったと安堵する。

確かに、堅苦しくないカジュアルな雰囲気のレストランで食事はしやすかった。

「そうか。それならよかった」

エレベーターに向かいながら、小さな手を掴み取る。自分でも自然にそうしていた。

今日ふたりで出かけて、初めて彼女と手を繋いだときは戸惑って握り返してくれなかったのに、今はわずかに指に力が入る。それだけのことなのになんだか嬉しい。

エントランスロビーに上がり、そのまま居住階用のエレベーターに乗り込んだ。

「今日はありがとうございました。これでもう少し部屋が片付きます」

「明日の夜の配達になったから、受け取りは頼む」

「わかりました。遥さんは、明日からニューヨークって言ってましたもんね」

「ああ。数日家を空ける」

明日から国際線のフライトでアメリカへ飛ぶ。

ニューヨーク泊を挟んで、日本に帰国するのは三日後になる。

帰宅してリビングに運び込んだ荷物の中から、白い小さなショッパーを手に取る。

今日の目的だったエンゲージリングとマリッジリング。

購入しに行くと告げると案の定彼女は驚いたけれど、小道具のひとつだと言うと納得してくれたようだった。

「真白、来て」

キッチンに入っていった真白を呼ぶ。「どうしましたか？」と出てきた彼女に手招きした。

「エンゲージネックレス、つけてみないか？」

「あ……はい！」

大粒の一粒ダイヤモンドのネックレス。

エンゲージリングの代わりにネックレスを選ぶカップルも増えていると聞き、なるほどと思った。

仕事柄つけられないのは、うちの職場でもいえることで、ネックレスのほうが彼女も都合がよかったに違いない。

「こんな大粒のダイヤ、間近で初めて見ました」

「今日から真白がつけるものだ」

ケースからネックレスを取り出し、彼女の後ろに回る。

「髪を上げてくれるか」

「あ、はい」

真白は長い髪を持ち上げて首を出す。

慎重に留め具を外し、彼女の首元につけた。

「見せて」

照明を受けてきらりと輝く大粒のダイヤモンド。真白の華奢で白い肌にすごく映えて美しい。

「いいじゃないか、似合ってる」

「本当ですか？　私も見てきます」

そそくさとリビングを出ていく後ろ姿を見送りながら、自然と笑みが浮かんだ。

楽しい一日だったな。

ふと、心の中でそんな感想が生まれる。

基本的にひとりを好み、ひとりの時間を大切にしてきた。

そんな自分が、他人と、まして女性と時間を共有して楽しかったと感じるのは初めてのこと。一日があっという間で、もう終わってしまったのかなんて思う。

手を繋いだときの初々しさ、少しずつ軽快になってきた言葉のキャッチボール。

心を許してきてくれているような表情も時折見つけられた。

その中で、偽装夫婦を引き受けるまでの素直な気持ちも改めて聞くことができた。

絵のことをネタに関係を強引に迫ったことは謝りたかったし、真白が脅されていると感じたという正直な気持ちも吐き出してくれた。

それでも、卑怯な手を使った俺に、彼女は『ありがとう』と言った。そんな姿に胸が締め付けられたのは言うまでもない。

「見てきました！　なんか、豪華すぎて……」

リビングに舞い戻った真白は、弱ったような苦笑いを浮かべる。でもすぐに「ありがとうございます」と満面の笑みを見せた。

くしゃりと笑った彼女の表情に胸がどきりとする。

「よく似合っているから問題ない」

「そうですか？　それならいいんですが……なくさないように気を付けないと」

ジュエリーケースを手に取った姿を目にしながら、ふと、この関係はいつ、どんな形で終わるのだろうかと考えていた。

偽装夫婦。お互いに役目を果たせば自然と解散になるのだろう。

そうなったとき、少しずつ築き始めた真白との今の関係もなくなるのだと思うと、無性に空虚な感情が渦巻いた。

5、夫婦らしいこと

翌日。

今日は遅番出勤で午後から仕事へ。ゲート業務担当で、ちょうど遥さんが操縦桿を握る十六時二十分発ニューヨーク行の搭乗案内に控えていた。

特に大きなトラブルもなく、順調に旅客が手続きを済ませていく中、遥さん含む機長二名と副操縦士、その後ろに客室乗務員の団体がキャリーバッグを引いて現れた。

搭乗していく姿に視線を奪われる。

心なしか、周囲の女性たちも彼に見惚れていて、やっぱりすごい人なのだなと感心してしまう。

今までそこまで熱心に見つめたりはしなかったけれど、特別な関係性となった今、やはり遥さんに注目してしまう。

百八十センチ以上ある長身にパイロットの制服は周囲の視線を自然と集める。

さらりと流れる黒髪、前を見据える切れ長の目。

見つめていると、その視線が私を捕らえる。目が合った瞬間、どきんと鼓動が跳ねて慌てて頭を下げた。

こうして空港内で業務中に見かけると、今の関係がやっぱり信じられない。ひとつ屋根の下で暮らし、同じベッドで眠る。昨日は手を繋いで街を歩いたし、このネックレスを買ってもらって……。

制服の首元を確かめるようにそっと触れてみる。そこにはちゃんと昨日つけてもらったネックレスが存在する。

通り過ぎていく遥さんに視線を送っていたところ、視界に難波さんの姿が映り込む。目が合うと、彼女はなぜかわずかに冷笑を浮かべて、遥さんの後に続いていった。

日本を今日発ち、ニューヨークへは明日の昼過ぎに到着する。それから向こうで一日半滞在し、帰国するのは明明後日だ。

国際線はフライト先に滞在することがほとんどだから、きっと一緒にフライトしている難波さんには現地で食事に誘われたりしているのだろう。

まだ偽装結婚の話をされる前、難波さんがしきりに遥さんを誘っていた光景が頭の中に蘇(よみがえ)る。

遥さん、断るのかな……。でも、ふたりきりじゃなければきっと食事くらいするだろうな。

会社が用意するホテルなんかも同じなはずだから、難波さんは部屋に押しかけたりするかもしれない。

そんなことをあれこれ考えていると、不思議ともやもやした気持ちに襲われていた。


二日遅番の仕事を終え、休日。

今日はシフト上休みが被った野々花とご飯を食べに行く約束をしていて、夕方から待ち合わせた。

野々花が行ってみたいと言っていた足湯カフェレストランで食事をすることに。

足湯に入りながらお茶や食事ができると、話題になった店だという。

店内は女子率が高く、十二月に入って冷えるようになってきた足を温めながらみんな食事を楽しんでいた。

「ねぇ、数日前から気になってたんだけどさ……」

「ん？」

「その、キラキラしちゃってるネックレス。贈り物？」

「こ、これ⁉」

初めてエンゲージネックレスのことに触れられて、あからさまに動揺してしまう。

野々花は「うん」と目を輝かせて、私の返答待ち。

「あ、これは、別にそういう……」

そこまで言いかけて、いや、待てよ?と言葉を止める。

ここはなんでもないと隠すのではなく、遥さんとのことを話すのがきっと正解。

この間、遥さんも桐生機長に話していたし、こんな風にじわじわ知れ渡っていくのを遥さんは狙っているのだ。

でも、偽装結婚だという事実が私を引き留める。

遥さんとは、条件を満たせばいずれ終わる関係。

だけど、今は偽装結婚のことは誰にも言えない。仲良くしている野々花にも話すことができない。

騙(だま)すような形になってしまうことに申し訳なくなる。

すべてが終わったら、野々花にだけは実は……と打ち明けたらいい。

そう心の中で決め、再び口を開いた。

「あー……まだ、誰にも言ってないんだけど……実はさ、私、結婚したんだよね」

「……。えぇーっ⁉」

落ちそうなほどに目を見開いた野々花の声が店内に響き渡る。

周囲の客数人がこっちに視線を寄越していた。

告白する場所を間違えてしまったかもしれない。

「ちょっと待ってよ！　結婚って、私なにも聞いてない！　そういう相手がいるのも知らなかったし。てっきり真白はフリーで、恋愛になんて興味ない系女子だと思ってたのに。ていうか、相手は⁉」

「あ……相手は、高坂遥機長」

「……はぁぁぁ⁉」

さっきよりもさらに大きな声を出した野々花に、私の肩もびくっと跳ねる。どちらかというともう叫び声に近い。

目を見開いたままの野々花は急に胸に手を置き、「ちょっと待ってね」と深呼吸みたいなものを始める。

数秒して落ち着きを取り戻し、テーブルに両手をついて身を乗り出した。

「ごめん、話が急展開すぎてついていけてない。結婚した相手が高坂機長って」

「なんか、嘘っぽい話だよね」

一連の野々花の反応を見ればわかる通り、私が遥さんと結婚したというのは簡単に納得できる内容ではない。もはや信じてもらえない可能性まである。

まぁ、実際は嘘なのだけど……。

「あの高坂機長でしょ？　いつからお付き合いしてたの？」

「えっと……」

遥さんとは、交際期間は短かったけれど、遥さんが早く一緒になりたいと言って結婚したということにすればいいと軽く打ち合わせ済みだ。

「付き合い始めたのは、半年くらい前。結婚したのは、まだ一カ月とかなんだけど」

「スピード婚ってやつ？　ちょっと待ってよ、興奮して熱くなってきたし」

野々花はそんなことを言いながら足湯から足を上げると、タオルで拭いて座り直した。

「半年前って、ぜんぜんそんな素振りなかったじゃん」

「うん。遥さん、あの通り女子から大人気だから、私が内密にしたいってお願いしてたんだよね……」

これも遥さんと相談済みの話。隠していたとすれば、急に結婚したと言われても納得できる。

「なるほどね、やっと納得できた。そういうことか、それじゃわかるわけないわ。でも、〝遥さん〟なんて呼ぶんだから、こりゃ本物だわ」

野々花は口を両手で覆って、「いやー、マジかー」とそわそわ落ち着かない様子を見せる。

信じてくれた姿に、心に小さな針が刺さる。

終わりを迎えたときは、事情説明と謝罪を一番に野々花にしたい。

「ちょっと、今日は詳しく話聞かせてもらうからね」

野々花はワクワクした様子でビールのグラスを呷った。


翌日。

早番勤務で早朝五時から仕事をした日は、お昼過ぎには制服を脱ぐことができる。

遅番との申し送りを終え、事務所を出たのが十三時半過ぎ。

更衣室で着替えて身支度を整え、十四時前には関係者通用口を歩いていた。

もう間もなく、遥さんが操縦桿を握るニューヨーク発の便が帰ってくる。

定刻通りだというから、そろそろだろう。

展望デッキに向かう時間の余裕がなく、空港ロビーに舞い戻る。

ちょうど着陸態勢に入った旅客機の姿が見えてきて、小走りでガラス窓に近づいた。

心の中で『おかえりなさい』と呟く。

機体は安定した状態で車輪を出し、無事に滑走路に着陸した。

帰ってきた旅客機を見つめながら、今度は遥さんが操縦する飛行機を描いてみたいと漠然と思った。

着陸する旅客機があれば、離陸していく旅客機もある。その行き来は、いくら見ていても飽きない。

しばらく離着陸を眺めていたけれど、ふと今晩は遥さんが帰ってきて一緒に食事ができる日だと思い出した。

遥さんより先に帰宅して、買い物に行って食事の支度をしよう。

そう思いながら帰ろうとしたときだった。

「真白」

どこかから呼び止められて、振り返る。

そこにはスーツ姿の宮崎さんがいて、目が合うと笑みを浮かべ片手を上げてこちらに近づいてきた。

「これから仕事？　それとも上がり？」

「あ……今日は、早番で」

「そっか、じゃあ上がったところなんだ」

失敗した。これから遅番で仕事だと言えば、仕事を理由にすぐに立ち去れたのにと、素直に答えてしまった自分に後悔する。

「俺も今さっき福岡から帰ってきたところなんだ。よかったら、これからお茶でも食事でも、なんでもいいから行かないか」

「いえ……」

急な誘いに、いい断りの言葉が出てこない。

「今はもう、仕事中じゃないだろ？　勤務中に声をかけたのは悪かったと思ってるよ。もうしない。だから、今なら問題ないだろ？　真白ともう一度話したいんだ」

こちらが言葉を返せないほど五月雨に言葉を連ねられ、宮崎さんは極めつけに「俺はやり直したい」などと言ってくる。

『昔付き合っていた相手なら、簡単に諦めないかもしれない。今は落ち着いても、またいつ接近してくるかわからないからな』

偽装結婚が始まったばかりの頃、遥さんに言われた言葉を思い出す。

一度、遥さんが間に入ってくれてから、宮崎さんが私の前に現れることはなかった。だから、もうきっと大丈夫だと安心していたのに、遥さんの言う通りだった。

「あの、私はやり直そうなどと思っていませんので。すみませんが」

「この間の男と付き合っているのか?」

「え?」

宮崎さんの言う〝この間の男〟とは、間違いなく遥さんのことだ。

「付き合っているというか……」

結婚した。彼は私の夫で——その言葉がすんなり出てこない。

昨日、遥さんと一緒になったと野々花に告げたときも相当驚かれた。

あの後、やっぱり遥さんの妻が私だなんて名乗るのは、つり合いが取れていないし無理があるのではと少し悩んだ。

今になってそんなことに気づくなんて遅すぎるけれど、今さらおこがましいという思いが芽生えてしまった。

でも、はっきり言わないとこういうことが繰り返し起こる。

結婚したとひと言言えば——。

「違うなら、遠慮する義理はない。俺は真白と付き合っていたんだから」

一気に距離を詰められ、逃げるように後ずさる。

今さっきまでは多少の笑みも浮かべていた宮崎さんだけれど、いつの間にかそれも嘘のように消えて暗い。

「そうだろ？ 真白、やり直そう。今度はもっと大事にする。すぐに籍も入れよう。

そうすれば、周囲にも俺たちが夫婦だと認められる」

発言に恐怖を感じ始め、慌てて「すみません」と頭を下げて立ち去ろうとする。

しかし――。

「お前は俺のものだろ！ 来いっ！」

離れようとした私へと手を伸ばした宮崎さんに捕まる。腕を掴まれ咄嗟に「離して！」と声が出た、そんなときだった。

宮崎さんの向こうから近付いてくる人影に視線を奪われる。

そこに見えたのが数日ぶりに会う制服姿の遥さんで、驚きで息が止まりかけた。

「前にも一度訊いたはずだが？ 彼女になにか用かと」

やってきた遥さんは、私を掴んだ宮崎さんの手を引きはがす。宮崎さんに向ける目がこれまでに見たことのない冷徹な色をしていて、緊張が走った。

「気安く俺の妻に触れるな」

その言葉を耳にした途端、心臓が驚いたように跳ね上がる。

向かいにいる宮崎さんの顔も驚いたように変化した。

私から離された宮崎さんは、突然現れた遥さんに「この間の……」と渋い表情を見せる。

「この前からなんなんだお前は！　真白は俺のものだ！」

突如豹変した宮崎さんが今度は遥さんへと襲いかかり、制服の襟元に掴みかかる。

ゾッとして血の気が引きかけたところで、遥さんは冷静に宮崎さんを制圧する。

掴んだ腕を捻じり、華麗に形勢を逆転させた。

押さえられた宮崎さんは、「なっ」と声にならない声を漏らす。

「金輪際、このような形で声はかけないでもらいたい。業務中も、もちろんプライベートでも」

「だからっ、真白は俺とやり直すんだ！」

「これ以上俺の妻に近づいたら、どんな手段を使ってでも潰す」

「なっ」

強烈な言葉で遥さんがそう告げたとき、向こうから警備員ふたりが駆け付ける。

宮崎さんが大声を上げて騒いだからだろう。

警備員の男性たちはパイロットの制服に身を包む遥さんに「どうかされましたか？」と問いかけた。

遥さんは騒ぎを謝り、事情を話す。警備員たちは遥さんから宮崎さんを引き取った。

警備員に連行されていく宮崎さんは、遥さんの警告が効いたのか意気消沈したように抵抗も見せない。

遠ざかっていくその姿に、恐怖と安堵で腰が抜けるようにその場にへたり込みそうになる。

「真白、大丈夫か」

私の背に手を回し遥さんが体を支えてくれる。見上げた先にあった心配そうな遥さんの顔に安心感でいっぱいになった。

「遥さん……」

「行こう」

遥さんはその場から私を連れ出し、そのまま関係者通用口へと入っていく。

「すみません。また、前と同じようなことに……」

自分でも驚くほど声が震え、思うように話せない。

遥さんはそんな私を黙って抱きしめ、耳元で「大丈夫だから」と囁いた。

「もう帰るところだったんだろ？」

「あ、はい」

私の返事を聞くと、遥さんは「一緒に帰ろう」と言う。

「彼も、まだこの辺にいるだろうからな。ひとりで帰らせられない。デブリだけ終わらせてすぐ戻る」

遥さんはそう言い残し、オフィスへと足早に戻っていった。

遥さんに言われた通り、ひとりで外には出ず、関係者エリアで時間を潰して遥さんの仕事終わりを待った。

一時間もしないうちにスマートフォンに連絡が入り、一緒に帰宅することに。

新居に引っ越してからは、会社のタクシー代支給範囲圏内なため、遥さんにはタクシー通勤するように言われている。

遥さんはタクシーで出勤するときとマイカーで出勤するときとまちまちのようで、今回はマイカー出勤だったため、いつものスーパーに寄ってもらってから帰宅した。

空港からの車内でも、買い物に行った先でも、宮崎さんとの一件にはまったく触れられず。

不自然なほど何事もなかったような様子に、私のほうからも逆に話題を切り出しづらくなってしまった。

もしかしたら、機嫌を損ねてしまったかもしれない。

怒らせてしまったかもしれない。

私が自分で対処できなかったから、迷惑をかけてしまったから。

「荷物の受け取り、ありがとう」

そんなことをひとり考えながらキッチンに立っていると、カウンターの向こうから遥さんに声をかけられた。

「あ、はい。適当に部屋に入れただけですので」

先日の買い物で買った収納ボックスが遥さんのフライト中に届き、遥さんの分を彼の部屋に入れておいた。その件だ。

立ち去っていく姿に「あの」と無意識に声をかけてしまう。ずっとひとり考えてもやもやしていたからだろう。

なにから切り出せばいいのか迷うけれど、振り返った遥さんの顔が普段通りでホッとする。

怒っては……いないみたい。

「遥さん、あの……すみませんでした」

突然謝罪を受けた遥さんは、ふっと笑う。

「なんだ、謝るようなことをしたのか？」

「また、ご迷惑をかけてしまったので……」

それだけで、宮崎さんのことだとわかるはず。

遥さんは黙って、私のいるキッチンへと入ってくる。

私も買い物してきたものを仕舞う手を止めた。

「言った通りだったな。また現れた」

「一度、遥さんに助けてもらってからは会わなかったので、もう大丈夫だと思ってたんですけど……」

「今日は、はっきり妻だと言ったからな。警察にも通報したから、もう大丈夫だろう。それでもしつこいようなら、手段は選ばない」

あのときのことを思い出して、つい顔に熱が集まる。やっぱり、あんな風にはっきり妻宣言をされるのは落ち着いていられない。

「すみません、私が言えばいいことを、遥さんに代弁してもらって」

「なんだ、言えなかったのか」

「はい……なんか、おこがましいような、なんというか。私が、遥さんの妻だなんて、つり合いが取れていませんし。でも、偽装妻として周囲も納得させられるようにもっと頑張らないとですよね」

隠しても仕方ない。本音をぶつけると、遥さんは黙って私の話を聞いてくれる。
「真白？」
俯く私を、遥さんが静かに呼ぶ。
どんな顔をすればいいのかわからないまま、ゆっくりと顔を上げた。
「それなら、夫婦らしいことをすれば自覚できるだろ」
え？と思ったときには引き寄せられ、端整な顔が目の前に迫っていた。
驚く間もなく唇に柔らかいものが触れ、口づけを落とされていると気づく。
え……なん、で……？
思考が止まりかけたところで、重なった唇が離れていった。
元通りの距離感に戻ると、目が合って一気に顔が熱くなる。
どくどくと心臓が激しく音を立て、外まで響いているような気がした。
「真っ赤な顔して、可愛い」
赤面した頬を、遥さんの指先に撫でられる。
固まってしまった私をくすっと笑い、遥さんはキッチンを出ていった。
ひとりきりになっても、鼓動の高鳴りが治まらない。
確かに触れ合った唇の感覚に、手で口元を覆っていた。

＊＊＊

自室に入り、小さく息をつく。

フライト後すぐから、激しく変化する感情に自分でも戸惑っている。

日本に戻れば、数日ぶりに真白のいる家に帰れる。それを楽しみに帰国した。

偽装夫婦として一緒に住み始めてから、徐々に帰ることに大きな意義を感じ始めていた。

今まで帰国すること、帰宅することに、大きな喜びなど感じなかった。真白と知り合い、一緒にいるようになってからの大きな変化だ。

逸る気持ちを抑えて戻ったところ、元カレだという男に捕まっている真白を偶然見つけ、感情が一気に昂った。

真白が断っているにもかかわらず、しつこく迫る粘着質。挙句の果てには彼女に触れ、強引にどこかに連れていこうとする始末で、迷うことなく出ていっていた。

もしあのタイミングで見つけられなかったら——そう思うと怒りが込み上げるしゾッとする。

結局、男は騒ぎを聞きつけた警備員たちに連行されていき事なきを得た。警察からも警告されただろうし、あの様子からしてもう近づいてくることはないだろう。

彼女は自分の妻。

はっきりそう言ってやったことはなにより快感で、爽快だった。

でも、なにか物足りない。もやもやとする。

それはなんだろうと、数日ぶりの再会を喜ぶ間もなく考えていた。

『なんか、おこがましいような、なんというか。私が、遥さんの妻だなんて、つり合いが取れていませんし』

彼女のこの言葉で、自分の秘めていた想いにはっきりと気づいた。

この関係になってから、少しは心を許してくれ、近づけていると思っていた。

それは勝手な思い込みだったのかと、わずかに落胆したのだ。

付き合っていたという男に対しても、もっと盛大に自分を夫だと主張してほしいとも思った。

すべて自分のエゴであることはわかっている。それでも素直に認めると様々な感情が湧き起こった。

早く帰国したいと思うことも、家に帰りたいと思うことも、真白がいるから。

誰かと人生を歩むことから逃げるために始めた偽装結婚で、人生を共に生きたいと思える人に出会ってしまった。

でも、現時点で彼女と一緒にいられるのは、偽装結婚という約束のもとだから。

この想いを伝えたら、今の関係も終わってしまわないか。真白は去っていってしまわないだろうか……？

初めて抱いた感情に、情けないことに不安も募る。

でも、もうこの気持ちは止められそうにない。

偽装夫婦という関係を越えて、真白の気持ちを射止めてみせる。

今は偽装夫婦でもいい。一緒にいられる関係を大切にしながら、ゆっくりじっくり攻めていきたい。

なにかに駆り立てられるような気持ちを落ち着かせて、心の中でそう唱えた。

6、変わりゆく気持ち

十二月も中旬を過ぎ、来週にはクリスマスを迎える。

今日は早番出勤で、朝五時からの勤務。お昼過ぎに仕事を上がり、いつものスーパーで食材の買い物をして、十六時前には帰宅した。

遥さんは今日は国内線の担当で、朝から新千歳（しんちとせ）へ。向こうを十四時頃に発つ便で戻ってきて、私が帰宅した頃に羽田へ到着するというスケジュールだ。

十七時頃から夕食の支度を始めると、しばらくして遥さんが帰ってきた。

「おかえりなさい」

「ただいま」

この家でこのやり取りをするのにもう大分慣れてきた。

「食事の支度ありがとう」

「いいえ。今日はお鍋にしようと思って。よさそうな鱈（たら）が売っていたので」

「いいな、鱈鍋」

遥さんはキッチンに入ってくると、持っていた紙袋からケーキの箱らしきものを取り出し、冷蔵庫を開ける。紙袋は北海道の有名店のものだ。

「向こうで時間があったから買ってきた。チーズケーキ、食べられるか？」

「チーズケーキ！　好きです！」

「じゃあ、後で」

ケーキの中でもチーズケーキは大好物。北海道の有名店のチーズケーキが突然食べられるなんて嬉しすぎる。

「遥さん、ケーキとか買われるんですね」

「え？」

「ちょっと意外だったというか」

遥さんはふっと笑い、冷蔵庫を閉めると通りすがりに私の頭をぽんと撫でた。そして私の額に唇を寄せる。

触れるだけのキスを落とされ、思わず彼の顔を凝視した。

「今まで買って帰ってきたことなんかない。真白がいるからだろ」

どきんと鼓動が音を立てる。

「あ、ありがとうございます」

遥さんは「今手伝いに戻る」と言い残し、キッチンを出ていく。

ひとりになって、高鳴ってしまった鼓動をごまかすようにテキパキと食材切りに専念する。

偽装夫婦として共同生活を始めて一カ月。

不安と心配の中始まったこの生活にも馴染み、なんとかうまくやっている。

お互いの職業柄、遥さんは特に勤務時間が不規則。国際線のフライトの場合、行き先によっては数日帰ってこないときもある。

私のほうも勤務は早番遅番の二交代制で、早番のときは朝の四時過ぎには出かけるし、遅番のときは帰宅が深夜零時頃になる。

偶然休みが合うときもあるけれど、一緒に過ごす時間はこの一カ月間、そこまで多くはなかった。

でも、今日のように一緒に過ごせる夜には、こうして食事の支度をして食卓を囲む。

白菜を切りながら、やっと心臓も静かになってくる。

この間の一件があってから、今まで以上に遥さんのことを意識してしまって落ち着かなくなっている。

突然の口づけ……。

『それなら、夫婦らしいことをすれば自覚できるだろ』

その直前に言われた言葉と共に、あの数秒間のことが頭から離れず、あの後は遥さんを直視できなかった。

でも不思議なことにそれが嫌だったとか、不快だったとか、そんなことはなく……。

ただずっと、〝夫婦らしいことってなに⁉〟と、そればかりがぐるぐるしていた。

私はあのほんの数秒の出来事で動揺を隠しきれないのに、遥さんのほうはいつも通りで普通。こちらが意識しているのが過剰と思えてしまうほど何事もなかったような様子なのだ。

今だって、私はちょっと触れられただけでドキドキしているというのに、遥さんは私に平気で触れることができて……。

この温度差はなんだろうと思ってしまう。

しかも、あのキスの一件から遥さんの甘さがアップしているような気がする……。

つい最近だって遥さんの出勤を見送りに玄関先まで出ていったら『行ってくる』と抱き寄せられたり、就寝時間が同じだったときは『おやすみ』と額にキスを落とされたりした。

そんなことが続いて、私は遥さんのことを意識してしまっている。

この関係が始まったばかりの頃は、そこまで遥さん自身のことを考えることはなかった。どちらかというと、自分の身を案じていた部分が大きかったから。

だけど少しずつ、彼がどんな人なのか、どんな考えを持っているのかを知っていくうちに、着実に心を許していた。

そして困ったことに、私は遥さんをこんなに意識するようになっている。

それはきっとこの夫婦ごっこのせいで、本当に惹かれているわけではない。錯覚でしかないはずだ。

頭ではそう考えているのに、気持ちのほうは裏腹で暴走してしまう。困ったものだ。

そもそも、遥さんは誰にも縛られずに生きていきたいと思っている人。

『煩わしいんだ。結婚という誓いで、誰かに縛られることが。すべてはそれから逃れるためだ』

そんなことを言っていたくらいだ。私に好意を抱かれていると知ったら、慌ててこの偽装結婚も解消したいと言うだろう。

「代わろう。少し休んだらどうだ」

いつの間にか遥さんが戻ってきていて、下準備していた手元の食材から顔を上げる。

「あ、大丈夫です。あとは鍋に食材を投入するだけですので」

「わかった。ここからでも代わる」

「ありがとうございます」

遥さんは食事の準備以外にも片付けや掃除も積極的にやってくれるから、家事が負担だと感じることは今のところまだ一度もない。

むしろ、もう少し休んでほしいと思うくらいだ。

遥さんがキッチンに入ってくれたところで、私はダイニングテーブルの支度に取りかかる。

「真白」

鍋の前に立つ遥さんから声がかかる。

「はい」

「来週のシフトはどんな感じか訊こうと思ってたんだ」

「来週、ですか？」

来週は二十三日からの週で、早番からのスタートだった記憶だ。シフトを振り返る。

「月曜日が早番で、火曜日は休み。その次の日は遅番で……」

「火曜日、二十四日は休みなのか」

一週間のスケジュールをすべて知らせる前に遥さんが訊く。

「え……あ、はい」

「予定は？」

「予定は……特にないです」

「それなら、空けておいてほしい」

十二月二十四日、クリスマスイブだ。

「わかりました」

遥さんは「よろしく」と微笑み、再び鍋の中に視線を落とした。

二十四日、クリスマスイブ……。

そんな特別な日に予定を空けておいてほしいなんて言われると、変な期待が高まってしまう。

鍋敷きや箸をセッティングしながら、一体なんだろうと考えていた。

夕食が終わると、遥さんが先にバスルームを使っていいと譲ってくれた。

お言葉に甘えて先に入浴させてもらう。

お互いが入浴を済ませたのは二十一時をちょうど回った頃だった。

「チーズケーキ、食べるだろ？」

「はい！　食べましょう」

遥さんが今日の北海道へのフライトで買ってきてくれた有名店のチーズケーキ。

冷蔵庫から箱を取り出す。

「少しワインでも飲もうと思ったんだけど、真白も一緒にどうだ?」

「ワイン……!」

「もしかして飲めない?」

「いえ、飲めなくはないと思いますが……大人なお酒のイメージが」

普段、飲酒をするのはビールかカクテルなどばかり。ワインはお店でも飲まないし、もちろん家でも飲んだことがない。度数も高いから気軽に飲んだことがなかったのだ。

「大人なお酒って、真白はもう立派な大人の女性だろ」

遥さんはふっと笑ってワイングラスをふたつカウンターに出す。

「じゃあ、ワイン初心者の真白のために飲みやすいのを開けよう」

「はい、お願いします」

ケーキ皿を用意して、箱からケーキを取り出す。

生チーズムースのケーキは、濃厚な味わいが絶品だと聞いたことがある。

ふたり分のケーキをカウンターに出した。

「映画、観ようと思ってた?」

「あ、はい。今日から配信だったみたいで」

テレビの画面には、私がさっき眺めていたサブスクリプションの画面が映し出されている。少し前に上映されていた映画が今日から配信スタートと知って、観てみようと思っていたのだ。

本当は映画館で観たかったけれど、時間が取れず結局行けなかった。

「遥さん、もしよかったら一緒に観ませんか？　二時間しないくらいの長さみたいなんですけど」

せっかくだから誘ってみると、遥さんは「そうだな」と話に乗ってくれる。

「一緒に観よう」

映画鑑賞することになり、ケーキとワインをリビングのソファセットへと運んだ。

画面に向かって横並びでソファにかける。

今から観始めたら、終わるのは二十三時頃。

明日は遅番勤務だからゆっくり眠れるし都合がいい。

「遥さん、誘っちゃいましたが明日は朝は早くないですか？」

「ああ、明日はスタンバイだから問題ない」

スタンバイとは、勤務のパイロットが急な事態でフライトに出られなくなった場合、代わりにフライトに出るために待機をしているという日だ。

家で休みのように過ごしていて問題がなく、もし呼び出されることがあれば動けるようにしておけばいい。基本的にはあまり呼ばれることはないようだ。

「そうですか、それならよかった」

鑑賞の準備も整い、映画をスタートさせる。

「チーズケーキ、いただきます」

早速、遥さんのお土産のチーズケーキをいただいてみる。

取り分けたときも思ったけれど、ずっしりとしていて、濃厚な味わいが期待できる。

「……美味しい！」

予想通り、まろやかで濃く、その上で上品な味のケーキに歓喜の声を上げる。

「よかった」

遥さんはグラスを片手にワインを楽しんでいる。ワイングラスが似合うのは、飲み慣れている貫禄だろうか。

私も真似てグラスを手に取る。アルコールが濃いだろうと警戒してひと口だけ含んでみた。

「本当だ、飲みやすいですね。フルーティーで爽やか」

「でも、度数はあるから飲みすぎないように」

「はい、気を付けます」

チーズケーキとワインを楽しみながらの映画鑑賞は贅沢な時間でうっとりしてくる。いい気分になっているのは、やっぱりワインに慣れていないからかもしれない。

酔いが回ってきているせいか、あくびが出てきて噛み殺した。

ソファに体を預け、ぼんやりと画面を眺めていると、となりの遥さんが静かに体を寄せてくる。そっと手を握られ、そのまま指が絡まる。

少しどきりとしたけれど、酔いが回っているせいかそこまで深く考えられない。

近づいた距離に視線を上げると、遥さんは映画をじっと観ていた。

綺麗な横顔につい見惚(みと)れてしまう。この距離でこんな風に〝高坂機長〟を見ていることが未だに不思議で信じられないときがある。

触れた部分から、彼の体温を感じてじんわりと温かくなってくる。

映画を観ている視界は、徐々にぼんやりと霞(かす)んでいった。

＊　＊　＊

「真白……？」

肩に頭が当たってきたかと思えば、長い髪がさらさらと流れ落ちていく。

そっと手を離し体勢を整えて、崩れ落ちないように肩を貸した。

映画、いいところで寝落ちしたのか。

真白に誘われて観始めた邦画。いつの間にか真剣に見入っていた。

観るのを楽しみにしていた彼女のほうが眠ってしまって、ついくすっと笑みがこぼれる。

こうしてとなりにいて眠りにつけるのは、少しは心を許してくれていると思っていいのだろうか。

顔にかかる髪をかき分けて、伏せられた長いまつ毛を見つめる。

夕食前、クリスマスの予定を聞き出すのに柄にもなく緊張して、いつ切り出そうかタイミングを窺っていた。なにかしながらでないと余計に緊張しそうで、気づけば食事の支度をしながら声をかけていた。

クリスマスというだけで特別な日の予定を訊いていると意識したし、変に思われないか心配にもなったが、イブには予定もない、空けておいてくれると約束をしてもらえ、ひとまずホッとした。

クリスマスの晩も、今晩のように真白と過ごしたい。

それは自然と湧き起こった感情だった。

真白は本格的に寝入ってしまったようで、すうすうと気持ちよさそうな寝息が聞こえてきている。

いつからこんなに彼女の存在が愛おしいと思うようになったのだろう。

そんなことに理屈など関係なくて、ただただ、心が少しずつ動かされていっただけのこと。

今、彼女のとなりにいられることがこんなにも幸せに感じる。

日に日に増していく想いは、もう止められそうにない。

真白への想いを自覚してから、どうにか彼女を意識させたくて距離を縮めようと行動している。

その度に真っ赤に照れる真白が可愛くて仕方がない。

しかし、俺たちを結んでいるのは偽装結婚という契約があるから。

偽りの夫婦という関係で、真白は今ここにいてくれている。

現実を見れば、そんな虚しい気持ちにも襲われるのだ。

この関係の終わりが見えてくる前に、この想いを伝えたい。真白との時間がこの先もずっと続いていってくれることを願っているから。

もう、真白のいない人生なんて考えられない。

この先の人生、自分のとなりにはいつも彼女がいて、それがずっと続いていく。

起きる気配のない真白に肩を貸したまま、映画のエンドロールを眺めていた。

7、クリスマスイブの魔法

来客を知らせるインターフォンがリビングに鳴り響き、掃除機をかけていた手を止める。

応対に出ると、宅急便の配達だった。

特になにか注文した覚えがなく、遥さんの荷物だろうと受け取りに出る。やはり遥さん宛てだった。

その直後、仕事に行っている遥さんからスマートフォンに着信が入った。

「遥さん?」

《真白、お疲れ様》

遥さんは朝から出勤で、今日は国内線担当、那覇(なは)空港に飛ぶと言っていた。時間的に、今はちょうどフライト先の沖縄(おきなわ)にいる頃だ。

《荷物は届いたか》

「あ、はい。今少し前に来ましたよ」

《それ、真白のものなんだ》

予想外のことを告げられ「私の、ですか？」と訊き返す。

《ああ。今晩のために用意したんだ。ブラックのワンピースを持っていないと言っていただろ》

「あ……」

今日は、十二月二十四日、クリスマスイブ。

先週一緒に映画鑑賞をした日、遥さんに二十四日の予定を空けておいてほしいと言われた。

後々聞いてみると、クリスマスディナーに連れていってくれるということで、まさかの予定に心が躍った。

ところが、ディナーに行く場所はドレスコードがあると知らされ、持ち合わせの服でなんとか間に合わせようと思っていたところだった。

まさか、遥さんが用意してくれているなんて……。

《俺の独断で決めたものだから、気に入らなかったら悪い。でも、着てくれたら嬉しい》

「ありがとうございます。見てみますね」

《予定通りなら、十六時十分着で羽田に戻る。十七時半前には帰れると思うから、支

度して待っていてくれ》
「わかりました。気を付けて戻ってきてください」
遥さんは《ありがとう》と言って通話を終わらせる。
電話が終わると、ワンピースを見たいという気持ちを抑えて掃除の続きを再開した。

遥さんが私のために用意してくれたのは、シンプルなAラインの膝丈のワンピースだった。

胸元からデコルテ、半袖の部分がドットチュールの切り替えデザインになっていて、上品だけど遊び心がある。

試着してみると、ほどよい透け感が色っぽくもあった。

そのドレスに合わせてグレーのラビットファーのボレロも選んでくれていて、これを羽織るとまた違った可愛らしい雰囲気になる。

自分が着こなせるかだけが不安だ。

ふわふわのボレロを着たときのことを考えて、髪型はフルアップでまとめた。

クリスマスのディナーというのをイメージして、メイクも普段よりほんの少し華やかに。アイメイクには普段使わない、少しキラキラしたアイシャドウを使ってみた。

支度をして待っていてと言われたけれど、自分の姿を鏡で見て気合いが入りすぎていないかと心配になった。

予告通り、十七時半前に玄関のドアが開き、遥さんが帰宅した。

「おかえりなさい、お疲れ様です」

「ただいま」

玄関に迎えに出た私を、遥さんはまじまじと見つめる。

遥さんが選んで贈ってくれたワンピース。彼の想像通りに着こなせているのか不安になる。

「やっぱり、想像通り真白に似合ってる」

「本当ですか？　よかった……」

つい心の声まで漏れてしまう。

でも、渋い顔はされなかったから大丈夫そうだ。

「これも」

遥さんの指先がエンゲージネックレスのダイヤにちょんと触れる。

「このワンピースによく映える」

見上げた先、遥さんの奥二重の目と視線が交わって、途端に鼓動が跳ねた。

伸びてきた腕に優しく抱き寄せられる。

「可愛いよ」

耳元で甘い囁きを受け、一気に顔に熱が集まった。

「俺も支度をしてくる。少し待っててくれ」

遥さんは帰宅早々に出かける準備を始める。

速まってしまった心拍を落ち着かせて、もう一度髪型とメイクのチェックをしに向かった。


すっかり日も暮れた頃、遥さんと共にマンションエントランスに降りる。

車寄せには呼んでいたタクシーが一台待っていた。

エントランスの自動ドアを出ると、ひんやりと冷たい空気に体が縮こまる。寄り添う遥さんに背を押され、開いた後部座席のドアから乗り込んだ。

支度を終えて出てきた遥さんは、初めてふたりで会ったアフタヌーンティーのときぶりのスーツ姿で、思わずじっと見つめてしまった。

普段見慣れている制服とはまた違って、遥さんはスーツも完璧に着こなす。重すぎないブラックのスリーピースに、シルバーのネクタイを締めた姿は超絶クールだ。

タクシーに乗り込むと、運転手はすでに行き先を知らされているのか「出しますね」と言って車を発車させた。

「今日の行き先は、ここから近い」

「そうなんですか」

予告通り乗車して十分もしないうち、タクシーは「お待たせしました」と停車する。

そこは日の出ふ頭で、目の前にはクルーズ船の乗船場が見えていた。

もしかして、クルーズ船ディナー……⁉

到着した場所が想定外すぎて、期待と興奮が高まっていく。

タクシーを降りると、遥さんは「行こう」と私の手を取った。

「遥さん、もしかしてクルーズ船に乗るんですか？」

手を引かれながら一応確認。遥さんは「ここに来てその質問か？」と笑う。

「まさか、船も苦手とか、ないよな？」

「え？」

「それなら行き先を変更しないとダメだろ」

以前の住まいのことを思い出したような言い方だった。

私が高所恐怖症だと知って、住まいを急遽変更してくれたときと状況がどこか似ている。

「大丈夫ですよ、海も船も。どちらかというとワクワクしてます」

「そうか、それならよかった」

乗船場に入ると、中には大きなクリスマスツリーが飾られ、これからクルーズ船に乗り込むのであろう着飾った人たちで賑わっていた。

遥さんに連れられ、予約の確認と乗船の手続きを済ませる。すぐに案内され、停泊しているクルーズ船に乗船した。

船内はホテルのレストランのようになっていて、フロアにはテーブルセッティングされた席が並ぶ。すでに案内されている客が席についていた。

フロア中央近くにある螺旋(らせん)階段を上がっていくと、上階にも席が現れた。下の階とは違い、窓際に席が数席あるだけ。テーブルが離れているためプライベート感がある。

そんな数少ない席のひとつに案内され、スタッフが椅子を引いてくれる。

上階のフロアはデッキに出られるようになっていて、ガラス張りで眺めもいい。出航したら素晴らしい景色が望めそうだ。

「まさか、こんなところに来れるとは思ってもみなかったです」

普通のレストランで食事をするとばかり思っていた。

「クルーズ船での食事は初めてか」

「はい、初めてです」

席まで案内してくれたスタッフからドリンクの注文を聞かれる。

「真白はなにがいい」

「遥さんと同じでお願いします」

「じゃあ……この間ワインも大丈夫みたいだったから、スパークリングワインでもいいか？」

「はい」

オーダーを受けたスタッフが「かしこまりました」と立ち去っていく。

入れ替わりで別のスタッフが前菜プレートを運んできた。

魚介のカルパッチョや、小さなグラスに入ったジュレなど、スタッフがプレートの上の一品ずつを簡単に説明してくれる。

その間にスパークリングワインもテーブルに届く。

スタッフが立ち去ってふたりきりになると、遥さんはグラスを手に取った。

「じゃあ、乾杯だな」

「はい」

グラスを持ち上げて乾杯する。細かな気泡が弾けては生まれ、ひと口含むとすっきりとした飲み心地だ。スパークリングワインの飲みやすさに思わず目が大きくなった。

「美味しい。飲みやすいですね」

「つい飲みすぎて酔うのがスパークリングだから、真白は気を付けないと。船の上で寝ないでくれよ」

そう言われて、先日のことを振り返る。

映画を観ながらワインとチーズケーキを楽しんだ夜。私は映画のエンドロールを観る前に、いつの間にかソファに座ったまま眠ってしまっていたらしく……。

いつ寝始めたのかすら覚えてなくて、気が付けば翌朝ベッドの上だった。

もちろん、自分で寝室に移動した記憶もなく、混乱。

遥さんに尋ねると、彼がリビングから寝室へと私を運んでくれたという。

驚きと申し訳なさで私は平謝り。

ただでさえ体重が重いのに、寝ている人を運ぶとなるとさらに重かったはずだ。

しかし私もどれだけ爆睡していたんだと、自分に呆れかえった。

普通、抱き上げられたりしたら目を覚ましそうなものを……。

「はい、気を付けます」

「嘘だよ、楽しく飲もう。眠ったらまたベッドまで運ぶから」

そんなことをさらっと言われて、顔が熱くなる。恥ずかしいのと、勝手に速まる鼓動に気持ちが落ち着かない。

遥さんにそんな言葉をかけられたら、大抵の女子は心臓をバクバクさせるに決まっている。

スパークリングワインと共に前菜をいただき、続いてスープが運ばれてくる。大きなハマグリの入ったポトフだ。

「最近は、絵は描いてないのか」

スープの中の野菜をスプーンで切っていると、遥さんに尋ねられる。

「あ、はい。新生活を始めてからは、まだちゃんとは描いてないです。休みの日に、描いてあった作品に着色を少ししたくらいで」

偽装結婚をして今のマンションに住み始めてから、いつも立ち寄っていた公園も通勤経路ではなくなってしまった。新たに絵を描く場所も見つけたい。

「やっと生活リズムが整ってきたので、スケッチができる場所を近くで見つけたいなとは思ってます」

「いつも外で描いてるのか」

「はい。スケッチだけして、基本的には着色はイメージでしたりしてます」

遥さんは「なるほど」と頷く。そして、なにかを思い出すように視線を泳がせた。

「真白の絵、展示会で見てすぐわかった。どの絵にも航空機が描いてあったから」

「え、そうなんですか……？」

「作家名も、下の名だったからな」

作品を展示させてもらったときは、クリエイターネーム〝MaShiRo〟を使っていた。

「描く絵は、決まって飛行機と空なんです。昔から。なんなら、それが描きたくて絵を描き始めたようなもので」

「いつから？」

「いつからだろう……。子どもの頃ですよ。小学校に入った頃にはもう描いてましたから」

その頃から数えたら、どのくらいの空と飛行機を描いてきただろう。

そんなことを考えると、自然と笑みが浮かんでくる。

「だから、航空関係の仕事に就いたのか」

「はい。飛行機と空が好きだから、近くで見守れる仕事に就きたいと思ってました。高いところは苦手なので、客室乗務員は目指せなかったですけど……。でも、離陸していく旅客機を『よい旅を』と見送ることと、帰ってきた旅客機に『おかえりなさい』と言えるのが一番好きなので、私はグランドスタッフになれてよかったです」

自分の話をこんなにしているのは照れくさく、へへっと笑ってみる。

遥さんが真剣な顔をして私を見ていたのに気づき、微笑んでスープの残りを口に運んだ。

「そうか。グランドスタッフの仕事は、真白の天職だな」

「天職……だといいなと思って、仕事してます」

気を付けて飲んでいるけれど、もしかしたら少し酔い始めているのかもしれない。

少し前、飲み終えたグラスにスタッフが二杯目を注いでいってくれたところだ。ほどほどに飲むように気を付けよう。

スープが終わると、続いて魚料理がやってくる。「サーモンのミキュイです」とスタッフがプレートを置いた。

「遥さん、訊いてみたいことがあるんですけど、いいですか?」

遥さんと知り合ってから、いつか機会があったら訊いてみたいと思っていたことがある。

「空の上からの景色って、どんな風に見えますか」

私がまだ、自らの目で見たことのない世界。

それを日常的に見ている遥さんに、どんな風に目に映るのか訊いてみたかった。

遥さんは、魚料理に取りかかろうとしたナイフとフォークを止める。

「空から見る景色は、いつだって気まぐれに変化する。でも、海は青く、緑は青々している。人々が創造したものも美しい」

日本中、世界中を操縦席から見下ろしてきた遥さんだからこそ、その言葉にはリアリティがあり、説得力がある。

私の目がまだ見たことのないものを、彼の目は数多く映してきているのだと思うとわずかに鳥肌が立った。

「……って、これだとありきたりだな」

「いえ、実際に見ている人の言葉だから、そうは思いません」

「いつか、空には行ってみたいのか」

思いもよらぬ質問が返ってきて、「えっ」と声が出る。

遥さんの言葉からは、私が高所恐怖症だというのをわかった上で訊いているのだと伝わる。

「考えたことなかったですけど……いつか、見てみたいなって、今少し思ってます」

苦手を克服するのは簡単なことではない。

でも、遥さんとこうして話すことがなければ、考えることすらしなかっただろう。

「もし、真白が自分で行ってみたいと思える日がきたら……そのときは、俺が真白を空に連れていきたい」

届いた言葉で、胸がぎゅっと締め付けられた。それが引き金となるように、鼓動が早鐘を打ち始める。

「はい、ありがとうございます」

遥さんにとっては、何気ない言葉のひとつだったかもしれない。

でも、私にはそれが特別なものに聞こえて、しばらく高鳴る胸は落ち着かなかった。

クルーズ船は、東京湾をぐるりと二時間ほどかけて進んだ。途中、私たちの勤務する東京国際空港や離着陸をする航空機も眺められた。

クリスマスイブの夜に贅沢なフルコース料理をクルーズ船でいただけるなんて、私にとっては夢のような時間だ。

再びクルーズ船乗り場に戻ってきたのは、二十一時をまわった頃だった。

遥さんが手を貸してくれ、クルーズ船から降りる。

酔って迷惑をかけないように、お酒はほどほどにしておいた。それでも体はすっかり温まり、寒空の下に出ても心地いい。いい気分、といったところでいいお酒の飲み方ができたと思う。

「遥さん、今日はありがとうございました。まさか、こんなクリスマスイブを過ごせるとは思いもしなかったです」

遥さんを見上げ、タイミングを逃す前に感謝の気持ちを伝える。

「この装いも、私のために用意してくださったのが嬉しかったです」

「こちらこそ、付き合ってくれてありがとな」

「付き合ってくれてだなんて！　私、こんなに素敵なクリスマスイブを過ごしたのは生まれて初めてでした。すごく、思い出になりました」

遥さんが、どこか驚いたように笑みを消す。

変なことを言ってしまっただろうかと不安になったとき、遥さんが私の耳元に唇を寄せた。

「なんで、そんな可愛いこと言うかな」

そんな囁きに、あっという間に鼓動は高鳴りを増していく。

「そんなつもりで言ったわけでは……」

狙ったように聞こえてしまっただろうか。決してそんなつもりはなく、ただただ素直な気持ちを口に出しただけだった。

「わかってる。真白がそういう女性じゃないことくらい。だからこそ、価値がある言葉だなって嬉しかった」

「遥さん……」

手を繋いだまま、遥さんは行きと同じように待機しているタクシーに乗り込む。

タクシーがマンションに向けて走り始めても、遥さんは私の手を離さない。

どうしたのだろうと顔を見ると、じっと目を見つめ返されドキッと心臓が反応した。

タクシーはほどなくしてマンションの車寄せに到着する。

遥さんは私の肩を抱き、足早にエレベーターホールへと向かっていった。

「真白」

誰もいないエレベーターに乗り込んだ直後、覗き込まれるようにして遥さんに口づけられた。

急な展開に目を開いたままキスを受け止める。

二階フロアにはすぐに到着し、再び遥さんに手を引かれて部屋を目指す。遥さんはドアを開けると、私を先に玄関へと入れてくれた。

「真白」

再び呼ばれて振り返ろうとしたとき、背後から包み込むように抱きしめられた。

「っ、遥さん……？」

初めてのことに、どうしたらいいのかわからない。

密着してふわりと香水の爽やかな香りを感じ、ただただ心臓が壊れそうなほど音を立てて高鳴っていく。

でも、決して嫌なわけではない。

「真白を俺のものにしたい」

遥さんからの言葉に目が覚めるような感覚になった。その意味に鼓動が激しく高鳴っていく。

でも、求められていることに嬉しさで胸がいっぱいになる。どうしようと、迷うことはなかった。

「遥さん……私も、遥さんのものになりたい」

なにも考えることなく、心が動くままに言葉を口にしていた。

留めていたものが解放されると、苦しかった気持ちが楽になって一気に想いが溢れ出す。

後ろから抱きしめる遥さんの腕が緩み、顔を見るように反転させられる。

目と目が合うと、引き寄せられるように唇が重なり合った。

「っ、ん、っ……」

キスに不慣れな私は、深まっていく口づけに息も絶え絶えになってくる。

舌を捕られ、絡め合い、膝から力が抜けていくような不思議な感覚に陥りかけると、遥さんは私をその場で抱き上げる。

「遥さんっ？」

黙って片方ずつパンプスを脱がせて玄関に落とすと、そのまま真っ直ぐリビングに入り、奥の寝室へと向かっていく。

私をベッドに横たわらせた遥さんはスーツのジャケットを脱ぎ捨てた。

放り出した手に、遥さんの指が絡む。耳の横でベッドに縫い付けられるようにして繋がれた。

近づいた遥さんの瞳の中に自分を見つけ、鼓動は高鳴りを増すばかり。

彼の瞳に私が映る不思議に思いを巡らせる間もなく、情熱的に唇が塞がれる。

油断したように開いていた唇から、熱い舌が入り込む。

あっという間に舌をからめとられて吸い上げられ、ビックリして繋いだ手をぎゅっと握り返していた。

「真白……」

普段とは違った甘い声で呼ばれるだけで、体の芯がきゅんと震える。

キスを終えた遥さんは耳たぶを甘噛みし、知らずに甘い声を上げた私をくすっと笑った。

遥さんがプレゼントしてくれたワンピースは、彼の手によって難なくあっという間に脱がされていく。

恥ずかしいと思うより前に、遥さんは私の胸元に口づけ、キスの雨を降らせる。

「遥さん、あっ……」

気づけば下着の締め付けから解放されていた。

見下ろすと、遥さんの筋張った手が私の胸の膨らみを包み込んでいるところが目に入り、体の熱が一気に上昇した。

初めて感じる体への刺激に、自分のものとは思えない声が勝手に出る。恥ずかしくて口を押さえると、その手を遥さんに剥がされた。

「声を抑えないで、聞かせてほしい」

そんな風に言われるとますます恥ずかしくて、ふるふると横に首を振る。

でも、触れられると自然と声は漏れてしまい、遥さんは意地悪く笑った。

羞恥心を感じているのもまだ余裕があったからで、次第になにも考えられないほど思考が蕩けていく。

ネクタイを取り、スーツのシャツを脱ぎ捨てた遥さんは、着衣では知ることのできないほどよい筋肉をつけた体で、逞しい肉体に胸が震えてしまう。

「遥さん……私、もう……」

体の隅々まで丁寧に愛され、飛びかけた意識の中訴える。

私に覆い被さった遥さんは耳元に唇を寄せた。

「真白を、もらってもいい？」

乱れた呼吸で、「はい」と小さく頷く。

「……っ、あぁっ――」

ゆっくりと私の様子を窺いながら、遥さんは体を繋げていく。

ぴったりと密着してひとつになると、身も心も深く満たされる。

偽装妻とはいえ、本当に愛されている気分だった。

今年もいよいよ一年が終わりに近づく十二月二十八日。

航空業界の年末年始は繁忙期にあたり、お正月休みを地方や海外で過ごす人々で賑わいをみせる。

遅番出勤だった私は、すれ違いで夕方帰宅する遥さんの夕飯の支度をしてから家を出てきた。

クリスマスイブの夜の一件から、遥さんとは特に変わりなく過ごしている。

あの翌朝、目が覚めた私はとんでもないことをしてしまったとまず動揺した。

初めてのことで、体も疲労していたけれど、好きだからといって大胆になりすぎたかもしれない。

求められて、あなたのものになりたいだなんて、私の気持ちが駄々漏れではないかと不安になったのだ。

だから目覚めても、ベッドの中で彼に許した体を抱きしめてひとり思い悩んでいた。

彼に抱かれたときのことを思い返すと、まるで本当に愛されているかのようだった。

私を気遣ってくれる優しさと余裕——その中で熱く求められた。

だけど、期待しちゃダメ。私はあくまでも偽装の妻なのだ。彼が私を抱いたのは、きっと気の迷いとか……なにかだったに違いない。愛されて体を重ねたわけではないのだから。

遥さんは『おはよう』と私をふわりと抱きしめ、まるで本当の夫婦のような幸せな朝を迎えた。

私はどうしたらいいのかわからず、普段通りに顔を見せ、会話を交わす。

遥さんのほうもいつも通りの様子で、熱く甘い夜は夢だったのかと思うほど穏やかだった。

その後、私は遅番の出勤だったので、お昼頃、遥さんに見送られて仕事に向かった。

結局、そこからお互いの勤務の状況でじっくり顔を合わせて話せていない。

あれは、クリスマスイブの魔法だったのだろうか。

制服に着替え、鏡を見ながらスカーフを整える。

いろいろ考えてしまうけれど、仕事に入るときは仕事以外のことは頭の中から排除しないと。プライベートなことが原因で仕事にミスをするなんて許されない。

更衣室を出てオフィスに向かっていると、通路の曲がり角で人とぶつかりそうになって足を止める。

その相手が客室乗務員の難波さんで、一瞬ハッとしたものの「すみません」と頭を下げて通り過ぎようとした。

「ちょっと待って」

ところが、引き留めるように彼女の声がかかる。

振り返ると、難波さんがじっと真顔で私の顔を見つめていた。

「いつ捕まえて言ってやろうかと思ってたの」

客室乗務員の制服を身に纏(まと)った難波さんは、腕を組んで私を睨む。ピンク色の艶々(つやつや)の唇が開くのを黙って見ていた。

「いつ、どうやって、遥くんに取り入ったの？」

航空関係者専用の通路は、様々なオフィスへと多くの人々が行き交う。

今だって横を通り過ぎていく人がいるのに、難波さんはお構いなしにプライベートな話を問い詰めてくる。

「取り入ったって……私はそんなこと」

「じゃあ、どうしてあなたみたいななんでもないグランドスタッフなんかと一緒になるとか遥くんが言い出すわけ？　どんな手を使ったか言いなさいって言ってるの」

「あの、こんな場所でする話では――」

「関係ないわ！　ここで十分よ！」

この横柄な態度は、やはり父親が上層部にいるからだろうか。多少のことなら許されると思っているのかもしれない。

でも、みんな何事だろうと注目して通過していく。

「答えなさい。遥くんは、安い女にそそのかされるような、その辺の馬鹿な男じゃないわ。だから不思議なのよ、あなたなんかと」

難波さんの声の調子は、ますます怒りを露わにヒートアップしていく。

私と結婚したという話を聞き、相当許せないのだろう。

自分と一緒になる予定だった相手。親からのお墨付きもあり、間違いないと思っていた未来。

それが、急に現れたよくわからない女に横取りされていったのだから、信じられないし許せないのは当然だ。

でも、私には遥さんとの約束があるし、役目がある。

彼は、彼女との縁談を阻止したくて私に偽装結婚を持ち掛けてきたのだ。

「本当にあなたと結婚なんてしているの？　信じられない」

黙っている私に、難波さんは容赦なく詰め寄る。相当な自信もあるのだろう。その表情には不敵な笑みも浮かんでいる。

「信じられなくても、別に構わないです」

やっと返ってきた私からの言葉に、難波さんは眉を寄せる。

敵意をむき出しにするその表情に慄きそうになったけれど、心を強く持って口を開いた。

「あなたに信じてもらわなくてもいい。でも、誰がなんと言おうと、遥さんの妻は私です」

果たすべき役目もある。

でも、私が遥さんを想う気持ちも後押しして、この言葉をはっきりと口にできた。

みるみるうちに、難波さんの顔が怒りで歪んでいく。飛びつくように私の二の腕に掴みかかり、勢いよく揺すられた。

「ふざけないでよ！　どんなご身分で妻だなんて名乗ってるわけ⁉」

耐える私にお構いなしで、難波さんは私のスカーフをむしり取る。

「このネックレス、エンゲージネックレスだとか噂で聞いたけど、全部あなたの妄想なんでしょ⁉」

「やめてっ」

ネックレスを掴まれそうになり、慌てて体を反らして回避する。必死に手を伸ばしてくる彼女の長い爪が首を掠った。

「ふざけないでよ！」

思い通りにネックレスを奪えなかった彼女は、力いっぱいに私を押した。

倒れる――そう思ったとき、背中から受け止めるようにして抱き留められた。

私を突き飛ばした難波さんが、驚いたような顔で固まる。

「大丈夫か」

すぐ斜め上から降ってきた声で、難波さんの表情の意味を知った。

「なにをしてるんだ、こんなところで」

遥さんに厳しい声をかけられ、難波さんは慌てたように取り繕う。

「違うの、遥くん。私たちの関係のために、この人とは話をつけないといけないから」

「私たちの関係？　前に言ったはずだ。君との話はとっくについてる。互いの両親も承諾済みだと思うが？」

「そんなことない！　私は遥くんと――」

「俺の大事な妻に手を出すような人間と話す気はない」

必死に食いつく難波さんと、普段と変わりない冷静な口調で話す遥さん。

難波さんの声を、厳しい遥さんの言葉が遮った。

「愛し合って一緒になったんだ。部外者は夫婦の関係に口出ししないでくれ」

とどめとも言える言葉を遥さんの口から聞かされた難波さんは、数秒間時が止まってしまったかのように表情を固め、その後、一気に目に涙を浮かべる。

大きな目からぼろぼろと涙を流し、両手で顔を押さえた。

「遥」

そんなときだった。

後方から遥さんを呼ぶ声がして振り返る。

向こうから歩いてきたのは、スーツ姿の男性ふたり。

声をかけてきた男性は、年の頃は六十代後半といったところだろうか。そのすらりとした立ち姿で、もしかしたらとハッとする。

この方、遥さんの、お父様……⁉

「お父様！」

まさかと思っているうち、目の前で泣いていた難波さんが飛び出していく。

予想通り、現れたのは遥さんのお父様。お会いするのは初めてだけれど、ＪＳＡＬの代表取締役社長だ。おそらく、もうひとりの男性は秘書だろう。

ここを訪れることもきっと珍しいはずなのに、こんなタイミングでお会いすることになるなんて……。

「聞いてください！　遥さんが、私ではない別の女性と一緒になるって言うんです」

難波さんのあの様子なら、お父様とも顔見知りで、何度も会ったことがあるのだろう。泣きついて助け舟を出してもらおうとしているに違いない。

「遥さんにも、一緒にいるこの女性にもなんとか言ってやってください。お父様、お願いします！」

となりにいる遥さんは、黙ってその場を見守っている。

難波さんに懇願されたお父様は、遥さんと私に目を向けると、最後に難波さんを見下ろした。

「遥から、君との縁談は断ったと聞いている」

「え……そんな」

「一緒になりたい女性がいるからと、はっきりと言っていた」

お父様からもそう言われ、難波さんはとうとう声をなくす。

「それなのに、君はしつこく遥につきまとっているそうだな。話は耳に入ってきていた。ビジネスの場で公私混同して騒ぐとは、仕事へのプライドはないのかね」

難波さんはもう泣くこともできず、ただ瞬きを忘れたようにお父様を凝視している。

助けてくれるはずだったお父様からの辛辣（しんらつ）な言葉に驚愕の色を隠せないようだ。

「君の父上にも釘を刺しておかないといけないようだな。私の話が通じないようなら、別の会社でCAをしてくれ」

最終通告とも聞こえる言葉をかけられた難波さんは、今にも泣きだしそうに表情を歪ませる。

「社長！」

そんなタイミングで向こうから男性がひとり駆け寄ってくる。誰だろうと思っているうちに、難波さんが「パパ！」と声を上げた。

「ちょうどよかった、難波くん。君の娘さんが息子のことが諦めきれないようでな。これ以上迷惑をかけられるようなら、退職も視野に入れてもらいたいと話していたところなんだ」

遥さんのお父様にそう言われた難波さんのお父様は、ぎょっとした顔を見せ、同時に慌て始める。深く頭を下げ「申し訳ありません！」と謝罪した。

「娘が大変ご迷惑をおかけしました。しっかりと更生させるので、どうかクビだけは……！」

難波さんのお父様は彼女にも「ほら、咲菜も！」と一緒に頭を下げろと促す。

親子揃って頭を下げると、お父様は「わかった」と低い声で応えた。

「約束ができるというなら、今回は目を瞑ろう。しかし、次はない。また同じようなことがあれば、有無を言わさず退職してもらう」

その言葉に、難波さんのお父様はもう一度「ありがとうございます！」と深々と頭を下げる。そして、「失礼します」と難波さんを連れてそそくさと立ち去っていった。

その姿を見送っていると、「フライト帰りか」とお父様が遥さんに声をかけた。

「今さっき戻ったところ」

「そうか」

お父様の視線が私に向き、またすぐに遥さんに戻る。

「こちらの彼女が、話していたお相手か」

「はい。三森真白さんです」

思わぬ場所とタイミングで紹介され、「三森真白です」と頭を下げる。

今の一件でわかったことは、遥さんは私のことをご両親に内内に話しているようだということ。

「真白さん、初めまして。遥の父です。やっとお会いできた」

年を重ねても美しい顔立ちのお父様は、きっと若い頃は遥さんのように振り返られるような男性だったのだろう。ふたりが並ぶと、親子だと一目瞭然だ。

「多忙につき挨拶が遅くなって申し訳ない。今度、妻も交えて食事にでも行こう。ゆっくり話がしたい」

「はい、ありがとうございます」

頭を下げると、お父様はにこやかに微笑んでくれた。

「じゃ、遥。また連絡するよ」

「ああ、わかった」

お父様は連れの男性と共に立ち去っていく。その後ろ姿を遥さんと共に見送った。

その日の晩。

遅番の仕事を終えてタクシーで帰宅をしたのは、日付も変わろうとしている時刻。

遥さんはすでに休んでいるかと思い、静かに玄関を入る。

そろりとリビングに入ると、遥さんはひとりソファにかけていた。

「おかえり。お疲れ様」

帰ってきた私の姿にソファから立ち上がる。

「お休みじゃなかったんですね」

「そろそろ帰ってくる頃だと思って待ってた」

私の目の前までやってきた遥さんは、まだコートも脱いでいない私を抱き寄せる。

側頭部に寄せた唇から「今日はありがとう」と静かな声が届いた。

「いえ、私はなにも。遥さんとの約束を果たしただけですから」

「ああ、わかってる」

腕を解き、遥さんがコートを脱がせてくれる。

「これ、どうした？」

その途中、突然首元を覗かれて、あっ！と思い出した。

「あ、これは……実は、あの昼間の一件のときに……」

仕事中はスカーフもしているし、すっかり忘れていたけれど、さっき更衣室で着替えをしているときに鏡を見て気が付いた。

難波さんに掴みかかられ、ネックレスを守ろうとよけた拍子に彼女の爪の先が私の首をこすったのだ。

「なにかされたのか」

「いえ、事故みたいなもので。このネックレスのことを指摘されて、彼女に掴まれそうになったので咄嗟によけたんです。もし、切れたらって思って。その代わりに、指先が当たって、こんな引っかかれたような形になってしまったようで……」

遥さんが現れる前のことだ。

話を聞いた遥さんは「そうだったのか」と一瞬険しい表情を見せた。

「俺の事情で、面倒なことに巻き込んで悪かった」

「そんな、謝らないでください。これだって大したことないですから」

幸い出血はしていなかった。少し内出血をしている程度だ。数日で消えるし痕も残らない。

「本来負わなくていい傷だ」

遥さんの指先がそっと傷に触れる。触れられても痛みもない程度の傷だから心配いらない。でも、遥さんが罪悪感を抱いているのが伝わってくる。

「じゃあ、これは名誉の負傷ってことにします。それなら、遥さんそんな顔しないですよね？」

咄嗟にそんなことを言ってみたけれど、遥さんはなぜかふっと笑みをこぼす。

「名誉の負傷って、なんだよそれ」

「あ、ほら、ネックレスが壊れないように守ったっていう意味です！」

遥さんが破顔して、変なことを言ってみた価値があったと気が抜ける。よかった、と安堵した。

「真白、ありがとう」

遥さんの腕の中にまた閉じ込められ、優しく抱きしめられる。

私のほうからも腕を回し抱きしめ返した。

8、伝えたい想い

新年を迎えた一月三日。

年末年始は特に忙しい航空業界は、まとまったお正月休みを取ることが難しく、私は三が日の三日早朝から仕事に出ている。

それでも今年は元日と二日が休みになっていたから、実家に帰り祖母と妹弟たちとお正月を過ごした。

遥さんは大晦日の日に国際線勤務でドイツのミュンヘンへ飛び立ち、今日帰国する予定だ。

ばたばたと年末年始がやってきて、新しい年はもう三日も過ぎてしまったけれど、難波さんの件があってからはまだ一週間も経っていない。

遥さんが長期フライトに出ていきひとりになる時間が増え、私はあることに気が付いてしまった。

偽装夫婦としての役割は、もう果たせたのではないか――。

私は宮崎さんとのことが一件落着し、遥さんも難波さんとの縁談はしっかりと消滅した。お互いに当初の目的は達成し、夫婦と名乗って過ごす必要性はなくなった。

遥さんの言葉を思い出す。

『必要がなくなれば解消する』

この関係を始める前、遥さんは確かにそう言っていた。

その言葉に変わりがないのなら、もうこの偽装夫婦の関係は解消することになる。

そのことに気づいた後、ドイツにいる遥さんから一度だけ連絡があった。

新年が明けての挨拶で電話をかけてきてくれた遥さんは普段通りで、私はその話題を切り出すことができなかった。

離れてから数日しか経っていないのに、電話口から聞こえる遥さんの声にきゅんとして、胸が締め付けられて、早く会いたいと思ってしまう。

そんな想いを抱いて出せる話題じゃなかった。

気づかないうちに少しずつ膨らんでいった彼への想いを自覚したときには、関係が終わる瞬間が刻々と近づいているという残酷な現実。

一線を越えてしまった、なにより気持ちが入ってしまったのに、募った想いを葬れるかは自分自身でもわからない。

きっと、関係を解消して関わりがなくなっても、そんな簡単に忘れることなんてできない。

空港で顔を合わせることもたびたびあるだろうから、そのたびにこの数カ月の思い出が脳内で再生され胸が苦しくなるのだろう。

もしかしたらそれに耐えられなくて、仕事ができなくなったりして……。

誰かをちゃんと好きになって、その想いを断たなくてはいけないという経験が今まで一度もない。

だから、どんなに辛く悲しいことなのか想像でしかイメージできないのだ。

でも、うやむやにするわけにはいかない。

今日、遥さんがミュンヘンから帰国する。

ここ数日ひとりで考えてきたこと。それを今晩、遥さんに話そうと思っている。

腕時計に目を落とすと午前七時過ぎ。早朝五時の早番勤務開始から早二時間が過ぎていた。

今日は到着ゲート業務の担当で、お客様の誘導などにあたっている。

ドイツ・ミュンヘンを現地時刻一月二日十二時頃に発った遥さんは、間もなく羽田へと到着する。現時点では定刻通りの予定だ。

「やだ、雨だ……」

すぐそばにいた野々花からそんな呟きが聞こえ、外へと目を向ける。

今日は日が昇ると共にどんよりとした空ではあったけれど、さっきまで雨は降っていなかった。

真冬の雨は雪にでもなりそうだ。

「あーあ。朝、洗濯外に干してきちゃったよー。まさか雨が降るなんて。今日、曇り予報だったよね？」

「うん、確かかね」

そんな話をしているときだった。到着ゲートを一緒に担当する先輩が「三森さん、飯田さん」とどこか真剣な顔つきで私たちを呼び寄せる。

どうしたのだろうと近づくと、先輩はデスクコントローラーとやり取りをしていた。

「今連絡が入って、管制室から、上空に雷雲が発生しているから着陸を見合わせることになるかもしれないって」

「え、雷雲ですか？」

思わず訊き返す。

こんな真冬に雷の発生など聞いたことがない。夏場はよくゲリラ雷雨などがあるけれど、こんな時期に雷雲とは……。

「珍しいわね。冷たい季節風と、本州の沿岸に流れてきた暖流の温度差で、低空に雷雲ができることが稀にあるのよ」

遥さんが操縦桿を握る旅客機が到着する時刻が迫っている。

どんよりとした空を再度見上げ、おかしなことに気が付いた。

「旅客機が、旋回してる……あれって、ミュンヘンからの到着便では」

間違いない。遥さんが操縦桿を握る便だ。

着陸待機の指示を受け、刻一刻と変わる気象状況の中、操縦席にいる遥さんも神経を尖らせていることだろう。

「雷雲発生ということは、やっぱり着陸は……？」

思わぬ緊急事態に、全身が緊張に包まれていく。

過去には上空で機体が雷に打たれ、機内で異臭が発生するなどという事例もあった。

遥さんたちパイロットには、この情報はもう届いているのだろうか。

デスクコントローラーと応対している先輩が「管制官からゴーアラの指示は出てる」と知らせてくれる。

ゴーアラとは、ゴーアラウンドという航空業界用語。着陸態勢が整わない場合、再び上昇態勢に戻り、着陸をやり直すことだ。

多くは気象条件などによるもので、強風や視界不良時、さらには滑走路の障害物なども含まれる。

「三森さん」

すぐそばから声をかけられ振り向くと、そこにはこっちに向かってくる桐生機長の姿があった。「お疲れ様です」と慌てて頭を下げる。

「急な事態の中での到着だな、高坂」

到着間際での雷雲発生の話を耳にしたのだろう。桐生機長もこれからフライトの予定だったはずだ。

「はい。私も今知って驚いて……」

「高坂なら大丈夫だ。なんてことない」

不測の事態で不安が募っていたところに、桐生機長から力強い言葉をかけられ気持ちが救われる。

「そうですね」と自分にも〝大丈夫〟と言い聞かせるように答えた。そんなとき……。

「えぇ⁉ 機体に」

デスクコントローラーとやり取りをしている先輩から、予期せぬ声が上がる。

その場にいた関係者の目が一斉に彼女に集まった。

何事だろう。鼓動が嫌な音を立てて高鳴っていく。

「――はい、わかりました。ミュンヘンからの着陸便、機体が被雷したって」

えっ……。

あからさまに反応してしまいそうになったのをこらえ、動揺をひた隠す。

「このまま羽田に着陸は難しいか……?」

そばにいた桐生機長が荒ぶる空を見上げて呟いた。

地上にいながら祈ることしかできない私は、ぴかっと稲妻を走らせた暗い空にただただ無事を願っていた。

＊＊＊

《羽田空港上空に雷雲が発生しています。上空待機をお願いします》

羽田管制室からの知らせに思わず眉を寄せたのは少し前のこと。上空待機の指示が出て、操縦室は騒然となる。この時期の雷雲とは稀だ。

「了解」

羽田を発ったのは、一年の締めくくりとなる大晦日、十二月三十一日。

今年はドイツ、ミュンヘンへの国際線フライトが早くから決まっていた。

片道約十二時間のフライト。今回は機長三人、副操縦士ひとり、四人でフライトに臨んでいる。

「お客様にお知らせです。現在、羽田空港上空に雷雲が発生しており、当機は上空待機をしております。お急ぎのところ、ご迷惑をおかけします――」

雷雲発生による上空待機の指示を受け、機内に状況をアナウンスする。

パイロットたちからは、これは下手をすればダイバートで別空港への着陸になるのではと不吉な声も上がり始めた。

《高度三千フィートまで上げ、再度指示を仰いでください》

「了解」

定刻通り到着する予定でいたが、どうやら叶わなそうだと気持ちを入れ替える。

羽田に戻れば、すぐに真白の顔を見られるとシフトを聞いてから心待ちにしていた。

数日会っていないだけで、真白が恋しくてたまらない。

一分一秒でも早く顔を見たかったのに、よりにもよってこのような不足の事態に見舞われるとは。

真白との関係も怒涛の展開を迎え、自分の気持ちも大きく、そして強く変化した。

クリスマスイブの夜。

抱きたいと深い繋がりを求めた俺に、真白はすべてを許してくれた。

それが嬉しくて、愛しい想いを存分に注ぎ込んでしまったけれど、疲れ切って深い眠りについた姿を見ると無理をさせてしまったかもしれないとしばらく悩んでいた。

彼女が受け入れてくれたのはどういう意味だったのか……その場の空気感なのか、聖夜の力なのか。イブの夜からそればかりを考えていた。

誰かを好きになると、些細（ささい）なことで悩んだり、落ち込んだり、こんなにも感情が激しく揺さぶられるのかと驚いた。

そしてなにより、彼女を想う気持ちが自分を優しく、強くしてくれること。

真白を想って、初めて多くの感情を知ることができた。

偽装結婚という約束で結ばれたふたりは、契約解消という終わりをいずれ迎えてしまう。当初の目的を果たした今、そんなことを考えるようになっていた。

そうなったとき、いや、そうなる前に関係をやり直したい。

受け入れてもらえるかなんてわからない。それでも、想いを伝えたい。

契約なんて関係のない、純粋なありのままの真白と人生を歩みたいと。

《こちら羽田管制室。天候回復が見込めましたので、予定通り着陸許可を出します》

「了解」

上空を旋回していると、管制室から着陸可能の指示が出る。

進路を戻し、再び着陸態勢を整える。

一時は長期戦になると思われた事態も、問題解決によって定刻をほんの少しだけ遅れての到着となる程度だ。

しかし、事態は一変する。

視界が閃光したとほぼ同時、高度を落とし始めた機体に衝撃が走る。揺れの状況から、被雷したとすぐにわかった。

「……落ちましたね」

となりで副操縦士が動揺した声を漏らす。

「着陸は見送る。高度を上げて、雷雲から離れる」

管制室からの指示で着陸態勢に入ったものの、どうやら空はまだ着陸を許してはくれないようだ。

「わかりました」という副操縦士の返事を受けて、再び機内アナウンスを始める。

「お客様にご案内します。ただ今、当機は悪天候による被雷を受け、着陸を見合わせることとなりました。お客様にはたびたびのご迷惑をおかけしますこと、重ねてお詫び申し上げます――」

今の衝撃と揺れで、客席は少なからず騒然としているだろう。

そんな中での着陸見合わせのアナウンスは、さらなる不安を煽るに違いない。

そうとわかっているから、努めて冷静に、落ち着いた口調でアナウンスをする。

「高坂機長、チーフパーサーから、客室で異臭がすると」

混乱する機内で、ＣＡから入った一報に緊張感が募る。

被雷によって機体になんらかの損傷が出た場合、少なからず機体の点検は必要になってくる。

「この天候状況だと、羽田はまだ着陸は難しい。これ以上の被雷は機内をパニックにしかねない」

「それじゃあ……？」

機長として最良の判断はなにか……これまでの経験を総動員して考える。

「関空に、ダイバードする」

管制室とも連携がとれ、目的地を関西国際空港に変更し、無事着陸をすることを最優先に決断した。

再び上昇していくフロントガラス先の荒れた景色を見ながら、真白の顔が脳裏に浮かぶ。

地上で到着便を待つ彼女は、避雷によってダイバードすると知り少なからず動揺しているだろう。

早く真白の顔を見たい。

無事に陸に降り立って、愛する真白に一番に会いに行こう。

その気持ちを操縦桿を握る手の中に秘め、無事に乗客乗員全員を降り立たせることに全神経を注いだ。

9、募る気持ちの結末は

二十時過ぎ。スマートフォンに入ってきた遥さんからのメッセージに、安堵で胸を撫で下ろしていた。

【遅くなって悪い。今から帰る】

ミュンヘンからの帰国便が着陸間際に被雷を受け、遥さんが操縦するジェット機は関西国際空港へ緊急着陸をした。

被雷したジェット機は点検のため関西国際空港に残し、代替機の手配後、代替便にて羽田に戻ることになると、そこまでを聞いて私は勤務を終えた。

仕事を終えてからもなかなか退勤する気にならず、オフィスに留まっていた。

私にはなにもできることなんてないのに、それでもいつものように帰ることができなかった。

結局、お昼には仕事を終えたのに、帰宅したのは十八時過ぎだった。

いつも通り、何事もなく帰国すると思っていたし、今までもそうだった。

だけど、機体に被雷を受けたと聞いたときは正直動揺した。

衝撃を受けた機内は騒然としただろうし、そんな中で遥さんがダイバードを決断したと聞いて動悸が止まらなかった。

あのまま多少の無理をして羽田への着陸に挑んだ場合、もしかしたら国交省の聴取を受けるような事態になっていたかもしれないと、桐生機長をはじめ居合わせたパイロットたちが話していた。

玄関から帰宅した気配を感じ、座っていたソファから立ち上がって玄関へと駆けていく。

ちょうど玄関を上がった遥さんと対面し、自然と目に涙が浮かぶ。

気持ちが昂って、迷うことなく遥さんに正面から飛び込んでいた。

「遥さん、お疲れ様でした……お帰りなさい」

私を受け止めた遥さんの大きな手が背中を優しくさする。そして、しっかりと抱きしめた。

「お疲れ。ただいま」

まずはそれだけの言葉を交わし、じっと抱きしめ合う。

体を離し見上げると、遥さんは私の顔を見て柔和な笑みを浮かべた。

「なんで泣くんだ」

「だって……勝手に、涙が」

国際線フライトからの帰国。この数日は、なぜだか今までで一番長く感じられた。

それに加え、最後の最後で予想外の出来事が起こったのだ。

「俺に会えなくて、そんなに寂しかったか」

私が感極まっている理由は絶対察しているはずなのに、遥さんはわざとなのか意地悪なことを言う。

でも、それも間違いではない。この数日間が長く感じられたのは、遥さんがそばにいない時間を過ごしていたからだ。

自覚と共に、また彼にぎゅっとしがみつく。

「雷が落ちたと聞いて、心配していました。ダイバードすると知ったときも、なにか緊急事態が起こったんだって、ずっと落ち着かなくて」

「心配かけたな。あのまま待機も考えたが、機内で異臭がするとの知らせを受けたんだ。結局、それは動揺した乗客の勘違いだった。だが、騒ぎを大きくしないためにも、関空に向かう判断をしたんだ」

遥さんの判断に加え、会社側も緊急着陸に同意したと聞いていた。

なにより、被雷を受けた上に関空に緊急着陸をすることになったにもかかわらず、乗客からはお褒めの言葉を多くいただいたとも耳にした。

遥さんをはじめ、乗務員たちの見事なチームワークがあったからだろう。

「真白たち、地上のスタッフたちにも迷惑をかけた」

「私たちは、なにも。祈ることしかできなかったですから」

「到着便を待つ人々への対応も大変だったと聞いた。動いてくれてありがとう」

空を飛ぶことのない、地上にいる私たちにもこうして敬意を払ってくれる遥さんは、技術だけではなく心意気も素晴らしいパイロットだと改めて胸を打たれる。

遥さんと出会えたこと、こうして一緒にいられることがなによりも幸せ。

やっと再会できた遥さんのぬくもりを感じながら、ふと現実に引き戻される。

もしかしたら今晩で遥さんと食卓を囲むのは最後になるのかもしれないと漠然と思った。

年末からひとり考えてきたこと。この偽装結婚という関係はもう終わりが近づいているという現実。

今晩切り出せば、明日には元通り他人に戻るのかもしれない。

偽装夫婦の話を受けてくれてありがとう。助かった。なんて言われて……。

この話を持ち掛けられたときのようにどこか事務的に話され、この関係が終わるに際しての流れを確認するのだろうか。

想像しただけで気持ちが沈み、話を切り出すのを先延ばししようかという悪魔の囁きが聞こえてくる。

でも、延ばしたところで逃れることはできない。

早いか遅いか、それだけのことだ。

もう妻としての役目を果たした私は、遥さんのもとからいなくならなきゃいけない。

でも、私はやっぱりこの人と一緒にいたい。

遥さんと、これから先もずっと……。

「すぐ、ご飯にしますね」

様々な気持ちがせめぎ合う中、帰宅した遥さんを普段通り迎え入れた。

ダイニングテーブルに近づいた遥さんから「お」と声が漏れる。

「お節か」

「一応、今日まだ三日ですからね。遥さんもお節は食べ損ねたと思ったので、作ってみました」

「すごいな。手作りお節なんて贅沢だ」

「そんなことないですよ。簡単に作ったので」

嬉しい言葉をかけてもらえると作った甲斐がある。

「遥さん、なにか飲みますか？　一応、祝い酒みたいなものは買ってみたんですけど」

「ありがとう。せっかくだから少し飲むか」

金箔の入った純米酒。小さなグラスと共にダイニングテーブルへ運ぶ。軽く瓶を揺すってからグラスに注いだ。

「後で、お雑煮を出しますね」

向かい合ってテーブルにつき、「いただきます」と食事を始める。

遥さんはお節を一品ずつ口にしては褒めてくれる。

作ってよかったなと思いながら、目の前の光景を目に焼き付けていた。

他愛ない話をしながら向かい合ってする食事、一緒に楽しむお酒。

当たり前になりつつあったひとつひとつのことが、これが最後かもしれないと思いながら過ごすのは切なさが込み上げる。

「真白……？」

咀嚼をしながら目にいっぱい涙が浮かんできて、遥さんの呼びかけで自分の揺れる視界にハッとした。

「どうした？」

遥さんにもそれは気づかれたようで、真剣な眼差(まなざ)しに射抜かれる。

ごまかすようにグラスを取り、お酒をひと口飲んだ。

「え? どうもしてないですよ」

「どうもしてないことあるか。なんで泣いてる」

口に出されると観念したように涙が頬を伝ってしまい、もう隠すことはできない。

急激に抑えていた想いが溢れ出していく。

「こうやって、一緒にご飯を食べるのも、これが最後なのかもって」

「え……?」

「今日は、いろいろなことをするたびにそう思ってました。玄関で出迎えるのも、一緒に食べる食事の用意をするのも、こうして、ふたりで食卓を囲むのも……全部、最後かもしれないって」

だんだんと声が震えてきて、最後は言葉に詰まってしまう。

本当は泣くつもりなんてなかった。

泣いてしまったら、遥さんがきっと終わらせづらくなる。

この関係を始めたときと同じように、普通の私でいること。笑って、感謝してお別れできるように。それが私の最後の役目でもあるから。

胸いっぱいに息を吸い込み、震える声を落ち着けて「泣いてごめんなさい」と口を開いた。

私をじっと見つめていた遥さんは、黙って席を立ち上がる。

そのままひとりリビングを出ていき、一分もしないうちに戻ってきた。

「これを、渡そうと思ってた」

私の前に置かれたのは、長方形のリングケース。遥さんの手によってその蓋が開けられると、そこには大小ふたつのリングが並んでいた。

一緒に選んだマリッジリング。セミオーダーだったものが届いたようだ。

でも、これだってもう必要がなくなるのでは……？

「ドイツに発っていた間、ずっと真白のことを考えていた」

遥さんの声で、落ち着いてきていた視界がまた潤み始める。

どうして泣かせるようなことをこの場において言うのだろう。

「真白が、今言ったこと……もう、この関係でいる必要はなくなったって」

終止符が打たれようとしている関係に覚悟を決める。

涙はもう、流れても構わない。

遥さんの言葉を真正面から受け止めるために、この涙はきっと必要で……。

「その通り、もう、偽装夫婦としての関係は必要ない。でも俺には君が、真白が必要だ」

届いた言葉に、俯いていた顔をぱっと上げる。

横に立つ遥さんは、嘘偽りない真っ直ぐな目で私を見つめる。吸い込まれるかのように視線が固定される。

「今、なんて……？」

そう訊き返すだけで精一杯。

頭の中が混乱して、もらった言葉を理解できない。

遥さんは柔らかい微笑を浮かべた。

「偽装なんてつかない、本物の夫婦にならないか」

涙のダムは決壊して、前が見えないほど次々と溢れては流れていく。

「っ、うっ……私も、遥、さんと、一緒にいたい……っう」

遥さんは背を屈め、私の頬を大きな手で包み込む。

「まったく、いつまで泣くんだ」

呆れたように笑う彼の胸に、席を立って飛び込む。

遥さんは黙って両手で私を抱きしめた。

「だって……っ、う」

「だって？」

「信じ、られなくて……こんな、展開……」

嗚咽して震える背中を、温かい手がさすってくれる。遥さんは「なんで」と少し笑っている。

「俺は、もう途中から真白に落ちて、いつプロポーズしようか考えていたんだぞ？　君を振り向かせようと頑張っていた。気づかなかったのか」

「そ、そんなこと、気づけるわけ……」

腕を解いた遥さんが「鈍感か」と私の濡れた頬をつまむ。

「でも、俺がタイミングを計っていたことで不安にさせて泣かせてしまった。本当にごめん」

そう言って緩めた腕で優しく抱きしめ直す。そして、再び私を椅子に座らせ、自分は横に膝をついた。

マリッジリングのケースから、小さいほうのリングをつまみ取る。

「で、これはつけてもらえるのか、真白の返事をまだ聞けてない」

目線を合わせ、遥さんは私の答えを黙って待つ。

いつのまにか乱れていた心拍にも気づかず、今になってやっと自分の鼓動の速さに驚かされる。

遥さんを見つめ返し、左手を持ち上げた。

「お願いします」

まるで結婚式の新婦のように、遥さんからリングがはめられる。今度は遥さんが私に左手を差し出した。

ケースから遥さんのリングをつまみ取り、骨ばった指にゆっくりと通す。

それは神聖なる儀式のようで、気持ちが引き締まる思いだった。

互いの指に収まったマリッジリングに、顔を見合わせ笑い合う。

「真白、これから一生をかけて幸せにする。約束だ」

また懲りずに涙が浮かんできてしまったけれど、今度はとびきりの笑顔も一緒。

「大好きです、遥さん」

偽装が本物になった瞬間、新たな幸せの物語が幕を上げた。

10、初めて見る世界

　きんと冷たい空気に包まれる、一月下旬。

《この飛行機は、JSAL216便、大阪国際空港、伊丹行きでございます。皆様のお手荷物は上の棚のご利用をお願いいたします――》

　横から「真白！」と声をかけられ、ハッとして顔を向ける。

　となりの席にかけた野々花は、「大丈夫？」といつも通りの笑顔を見せた。

「う、うん。だいじょぶ」

　少し前から動悸がすごい。自分でもかなり緊張しているのだとわかるほどだ。

　今日は、人生初めての空の旅に挑戦すべく、オフデーを使って大阪行きに搭乗している。

　遥さんと想いが通じ合い、あれからすぐに籍を入れた。

　本物の夫婦となり、私はひとつ目標を掲げた。

　高所恐怖症を乗り越えて、飛行機で空を飛ぶ。

　パイロットの遥さんの妻となって、飛行機に乗れないのはなんだかかっこがつかないと思ったのだ。

ここはなんとか克服して、空の旅をしてみたい。

そんな思いを遥さんに話すと、まずは飛行時間の長くない国内線でチャレンジしてみるかと言ってくれた。

もちろん、初めては自分の操縦する便に搭乗してほしい、とも。

「いやでも、人生初めての飛行機で、その操縦が自分の旦那様とか夢あるよねー。その貴重な瞬間のお供ができるのが嬉しいよ、私は」

私の初体験に同行してくれるのは、遥さんとの事情も知っていた野々花だ。

野々花には、そのうち打ち明けたいと思っていた偽装夫婦の件からすべてを話し告白した。その上で、今回の旅も同行したいと申し出てくれたのだ。

「これは、愛のパワーで高所恐怖症も克服かな」

「だといいんだけど……結構、緊張してる」

高層ビルにも上がれない私が、いきなり空を飛ぶジャンボ機に乗るなんて無謀ではないかと自分でも思う。

でも、これを操縦するのは機長として尊敬する、そして大好きな旦那様である遥さんなのだ。

私が乗れないわけがない。

《お待たせいたしました。ただ今、ドアが閉まりました。お座席におかけになりシートベルトの着用をお願いいたします》

客室乗務員のアナウンスを受け、シートベルトを着用する。

いよいよだと思うと、大丈夫だとどんなに言い聞かせても心臓は落ち着かない。

《この便は、216便、東京国際空港発、大阪、伊丹行きでございます。本日の機長は、高坂。高坂。わたくしは客室を担当いたします――》

〝高坂〟と紹介がされ、コックピットには本当に遙さんがいるのだと改めて鼓動が高鳴る。

このジェット機の先端で遙さんが操縦桿を握るのを想像すると、自然と恐怖が和らぐのを感じた。

非常用設備の案内が終わると、ゆっくりと機体が滑走路へと向かって動き始める。

「いよいよだね」

「うん」

窓の外には見慣れた空港の景色。でも、今日はここから空へと向かって飛んでいく。

《皆様にご案内いたします。間もなく離陸いたします。シートベルトをもう一度お確

かめください――》

次第に大きくなっていくエンジン音と共に、窓の外を流れる景色が加速していく。

「うぁっ……」

ジェット機がふわりと宙に浮いた瞬間、初めての感覚に思わず声が漏れていた。

あっという間に滑走路が離れていき、地上が遠ざかっていく。

やっぱり怖いという思いが強く、窓の外を見るのをやめていた。

上空へと飛び立ち高度が安定すると、シートベルトサインが消えたというアナウンスが入る。

しばらくすると、客室乗務員が機内サービスを開始した。

「三森さん、大丈夫ですか？　ご気分が悪いとかないでしょうか」

声をかけてくれたのは、この便のチーフパーサー。私が初めてのフライトだと遥さんから聞いているのだろう。

気遣いに笑顔で応える。

「ありがとうございます。おかげ様で、大丈夫です」

「それはよかったです。どうぞごゆっくりお過ごしください。ドリンクはいかがですか？」

緊張で高鳴っていた心拍も次第に落ち着き始めて、野々花と共に空の旅を満喫する。

伊丹空港までは約一時間、野々花と話しているとあっという間の時間だった。

《お客様にご案内申し上げます。当機は、間もなく大阪、伊丹空港へと到着いたします。到着予定時刻は、十一時五十分――》

間もなく到着のアナウンスが入り、初めての空の旅も終わりが近づいてきたことを知る。

そっと窓の外を見てみると、そこに見えた景色に釘付けになった。

すごい、綺麗……。

雲の上に浮かんだジェット機から見る初めての世界。

怖いという気持ちよりも、目の前に広がる光景に魅了される。

空の青と、もこもこした雲のコントラスト。そこにジャンボ機の大きな羽が見え、その景色をしっかりと目に焼き付ける。

そんなとき……。

《操縦席よりご案内いたします。本日はＪＳＡＬをご利用いただきまして誠にありがとうございます。機長の高坂です。当機は間もなく、大阪、伊丹空港へと着陸いたします――》

遥さんの声が聞こえてきて、窓から振り返る。

となりにいてくれている野々花が、にこにこして私を肘でつついた。

いつもそばで聞いている大好きな声が、この便の機長として話す貴重な瞬間に全神経を耳に集める。

今日一番、心臓が早鐘を打っているのを感じていた。

《私事となりますが、本日この便には、愛する妻が搭乗しております。妻は、人生初めての空の旅を、私が操縦桿を握るこの便に選んでくれました。記念すべき初の搭乗を喜ぶと共に、当機にご搭乗くださいましたすべての皆様に感謝申し上げます》

まさか機内アナウンスで遥さんが私のことを話すなどとは考えてもおらず、感動と共に一気に涙腺が緩む。

《本日は、ＪＳＡＬをご利用いただきまして、誠にありがとうございました。またのご搭乗を乗務員一同心よりお待ちしております》

遥さんのアナウンスが終わり、機内のあちらこちらから拍手が沸き起こる。

近くの席の老夫婦が「素敵ねぇ」などと話している声も聞こえてきた。

いつの間にか溢れ出てしまった涙を慌てて指先で受け止める。

「もう、高坂機長、ほんとかっこよすぎるよ」

野々花が横でそんな言葉を呟いたのを聞きながら、美しい空の景色をもう一度目に焼き付けた。


その日の晩、先に帰宅した私は自室にこもって絵筆を握っていた。

初めてのフライト体験で大阪へと行き、ほとんどとんぼ返りで羽田へと帰ってきた。

付き合ってくれた野々花と別れて帰宅し、興奮冷めやらぬまま絵を描き始めたのだ。

空と雲の色、飛行機の主翼。遥さんの操縦するジャンボ機から見た初めての景色を、記憶が新鮮なうちに絵に残したかった。

搭乗すると決まってから、絶対に描こうと決めていた。

「できた……」

鉛筆で下書きをし、水彩絵の具で色付けをした一作。

記憶のすべてをアウトプットして、なかなか上出来に描き上げられた。やっぱり、記憶が新鮮なうちに描いてよかった。

「真白……？」

背後から急に呼びかけられて、部屋の扉を振り返る。

いつの間にか遥さんが扉から顔を覗かせていた。

「遥さん、お帰りなさい。今帰りましたか？」

部屋にこもっていて集中していたけど、帰宅したら気づくと思っていたのにわからなかった。

「今少し前に帰った」

「そうだったんですか、気づかずごめんなさい」

対面すると、自然と遥さんの胸に飛び込んでいく。

遥さんも手を広げて私を受け止めてくれ、お帰りなさいのハグをした。

「遥さん、今日はありがとうございました」

遥さんと顔を合わせたら、まず一番に今日の初フライトのお礼を言おうと思っていた。機内で聞いた遥さんのアナウンスが蘇り、一気に感極まる。

「アナウンス……ビックリしました。遥さんの声が聞こえてきただけでドキドキしたけど、私の話なんてするから、感動して涙が出ちゃって」

「俺も、あんなアナウンスは初めてだった。でも、どうしても真白のことを機内アナウンスしたかったんだ」

あの瞬間を思い返すと、また歓喜で目に涙が浮かんでくる。

「私には、贅沢すぎます」

そう言うと遥さんは笑ったけれど、冗談でも、大げさに言ったつもりもない。

「こちらこそ、乗ってくれてありがとう。真白が同じ機内にいると思うと、いつも以上に身が引き締まった」

遥さんは「嬉しかった」と言って腕の力を強めた。

「あ、そうだ……」

思い出したように腕からすり抜けて、たった今完成した絵を取りに行く。

水彩絵の具の塗りが乾いているのを確認して、遥さんに仕上がったばかりの絵を見せた。

「これ……描いてました」

遥さんの目が真剣に絵を見つめる。しばらくじっと見つめ、その目が私へと向いた。

「今日、機内から見た景色か」

「はい。搭乗できたら、絶対描こうって決めていて。遥さんが連れていってくれた空の絵。よかったら、もらってくれませんか」

差し出した絵を、遥さんが受け取る。

「もらっていいのか」

「いつか、プレゼントできたらって思っていたので」

遥さんの手が再び私を捕まえ抱き寄せる。

耳元で「嬉しい、ありがとう」と囁かれ、胸がきゅんと震えた。

「大事にする。真白から初めてもらった絵。額にでも入れて飾るか」

「え、額に入れて？」

「ああ、家中に真白の描いた絵が飾ってあったら、素敵だと思うけど」

さらりとそんなことを言ってもらえて心が弾む。

嬉しくて、腕の中から遥さんを見上げた。

「じゃあ、調子に乗ってたくさん描きますね」

「ああ、楽しみだ」

見つめ合って、どちらからともなく唇を重ねる。

そっと瞑った瞼（まぶた）の裏、今日見た窓からの景色が蘇っていた。

11、幸せ願う空の玄関口

　桜の開花が話題に上り始める四月上旬。

　パイロットの制服姿の遥さんに手を引かれ向かう先は、明日、挙式披露宴を行う結婚式場だ。

「高坂様、三森様、お待ちしておりました」

　担当のウエディングプランナーがにこやかに迎え入れてくれる。そして、拍手をして「わぁぁ」と歓喜の声を上げた。

「パイロットにグランドスタッフのカップル！　本当に素敵なおふたりの担当ができて光栄でございます」

　遥さんと同じように、私自身も今日は制服姿。

　それが許されるのは、私たちが選んだ式場が羽田空港内にあるから。

　チャペルからも披露宴会場からも旅客機の離着陸が望める、私たちカップルにとってベストマッチな会場だ。

　挙式披露宴を挙げようという話になったとき、遥さんのご両親も含め、満場一致でここにしようと話がまとまった。

パイロットの遥さんと、グランドスタッフを勤める私。これ以上にぴったりな場所は他にない。

招待する面々も基本は空港関係の人ばかり。地方から招待している人々も、会場が空港ならアクセスもしやすいと、いいことだらけだった。

「何度もすみません、最後にもう一度確認を」

挙式本番を前に、遥さんが最後にもう一度披露宴会場を訪れようと提案してくれて、今日は仕事後に立ち寄った。

プランナーは快く「どうぞどうぞ、ごゆっくり見ていただいて」と当日使う予定の披露宴会場を開放してくれる。

時刻は十四時過ぎ。

奥の広いガラス窓からはちょうど離陸していく旅客機が見えた。

「遥さん、そんなに心配しなくても大丈夫だったのに……」

プランナーが席を外したタイミングで遥さんに詰め寄る。

「念のためだ。最初に見に来たときは『少し高いですね……』なんて言ってたんだからな」

チャペルは会場二階で問題なかったものの、披露宴会場となる場所は建物五階。

空港はよく望めるけれど、私にとって若干苦手な高さになってくる。

それでもこうして何度も会場に足を運び、少しずつ慣らすように努力してきた。

どうしてもこの場所で披露宴を挙げたかったから。

そんな私の気持ちに一番寄り添ってくれる遥さんは、式場に無理を言ってこうして何度も連れてきてくれた。

おかげで当日は安心して式に臨めると思う。

「もうすぐ本番ですね」

ふたりきりの披露宴会場で、当日の様子を想像してみる。

最高のロケーションであり馴染みのある場所で、大好きな人と、大切な人たちに見守られて挙げる結婚式。

遥さんが私の背に腕を回した。

「楽しみだな」

「はい」

幸せな光景が頭の中で浮かび、自然と顔が綻んだ。

四月第二週目の土曜日。

お昼前からの挙式に向け、私は朝七時から式場衣装室に入っていた。ヘアメイクを済ませ、着付けスタッフのもと、純白のウエディングドレスに着替えていく。

ドレスは、遥さんとふたりで選んだ。

たくさんの展示の中から、私の目を引いたドレスを、遥さんも目をつけていてあまり悩まずに試着。

『真白、天使みたいに綺麗だ』

姿を見せた私に遥さんが開口一番言った言葉で、このドレスにしようと即決だった。

Aラインのノースリーブデザインで、最大のポイントは天使の羽をイメージしたふわふわのオフショルダー。どの角度から見てもぬかりなく可愛らしい。

さらに、生地には繊細な刺繍とスパンコールで花の模様があしらわれていて華やかだ。

「真白」

改めてウエディングドレスを身に纏った自分を確認していると、遥さんの声が聞こえてくる。

振り向くと、タキシード姿の遥さんが控え室に入ってきたところだった。

衣装決めのときも思ったけれど、遥さんのシルバーグレーのタキシード姿は極上で、私を含めその場に居合わせた女性の視線を一斉に集めていた。

ひとり頬を熱くしていたのをごまかしていたのは遥さんには内緒だ。

「やっぱり天使だな。俺の天使」

私たちしかいない控え室で、遥さんは背後から私を抱きしめる。

姿見に映る姿に、ふたりして笑みをこぼした。

「遥さんも、直視するのが照れるくらいかっこいいです」

そんなことを言うと、遥さんは後ろから私の頬をつまむ。「なに言ってんだ」と苦笑した。

控え室のドアがノックされて、慌てて体を離す。「はい」と返事をすると、顔を見せたのは祖母と奈子、蒼の三人だった。

「お姉！」

私の姿を目にした奈子が悲鳴に似た声を上げて駆けてくる。

祖母も顔を綻ばせ、蒼はどこか緊張したような面持ちで控え室に入ってきた。

「お姉、すごい！　綺麗すぎる」

奈子はすぐ目の前まで来ると、まじまじと私のドレス姿を見ている。

「お義兄さんも、世界一かっこいいです……！」

奈子は眩しいものでも見るようにして、遥さんのことも褒め称えた。

そんな妹の姿を、遥さんも微笑ましく見てくれている。

「真白、遥さん、今日はおめでとうございます」

祖母が私たちに祝福の言葉をかけてくれると、奈子も蒼も「おめでとうございます」と口々に祝ってくれた。

「おばあちゃん、奈子、蒼、ありがとう」

遥さんと本物の夫婦となってから、私の実家に揃って挨拶に行った。三人とも突然の結婚報告に驚き、そして盛大に喜んでくれた。

奈子は、私が初めて遥さんと会うことになって服を選んでいたときから怪しいと思っていたと得意げに言っていた。

あのときの私は、まさか遥さんとこんな風になるなんて思いもしない。可能性すら考えていなかった。

「お祖母様、奈子ちゃん、蒼くん、今日はありがとうございます」

遥さんからも丁寧に挨拶され、三人はにこやかに応える。

大切な家族と、大好きな人と、新たな門出を迎えられたことがなにより幸せ。

目の前にある光景をしっかりと目に焼き付け、心のアルバムに仕舞っていく。

「お姉、お色直しは何回するの？」

女子高生の奈子は、結婚式に憧れもあるのだろう。弾んだ声で訊いてくる。

「制服を入れたら、三回の予定だよ」

「制服⁉　あっ、仕事のか！　てことは、お義兄さんもパイロットの制服で登場されるってこと？」

羽田での挙式披露宴、そして私たちが航空関係の職業に就いているということもあり、披露宴ではサプライズ的にお色直しでお互い制服での入場も予定している。

「楽しみすぎる……！　蒼、ビデオとカメラチャンス、逃さないでよ」

「責任重大だな。俺の撮影にいっつも文句つけてくるんだから、苦情は聞かないぞ」

「ちゃんと撮ってればなんも言わないし！」

奈子と蒼が姉弟の言い争いを始めて、祖母が「ふたりとも」と仲裁に入る。

「そろそろ向こうで待とう。真白、遥さん、また式でね」

祖母に促され、ふたりも言い合いをやめて私と遥さんに「また後で」と手を振る。

挙式を楽しみにしていると言って、三人は控え室を後にした。

春の明るい日差しが注ぐ、快晴の羽田空港。

天井まで届く大きな扉の前、遥さんの腕に掴まりそのときを待つ。

「緊張してる？」

横から遥さんに顔を覗かれ、ぴくっと肩を揺らした。

この扉の向こうには、私たちを祝福しに来てくれている人たちが今か今かと入場を待っている。

いよいよかと思うと、自然と顔が強張っていたのかもしれない。

「してないつもりだったんですけど……そう見えますか？」

「少しだけ」

これから幸せいっぱいの挙式だというのに、硬い表情なんてしていたらダメだ。

深く息を吸って深呼吸すると、遥さんが横から私の頬をつまんだ。ふにふにと引っ張られて、思わず笑みが浮かぶ。

「もう、なんですか？」

「ん？　緊張をほぐしてやってるんだろ」

「遊んでるだけですよね？」

こんな砕けたやり取りをしている今、初めて話した頃が懐かしい。天下の高坂機長とどう接したらいいのか、話すだけでも緊張していた。

そんな時代を経て、今こうして笑い合えるようになった。

これからもずっと、共に人生を歩んでいけますように……。

チャペルの扉がゆっくりと開いていく。

正面の祭壇の向こうには、飛び立っていく旅客機、帰ってきた旅客機。空の玄関口が広がる。

盛大な拍手に迎えられ、遥さんと共にゆっくりと一歩を踏み出した。抱えきれないほどの幸せを抱きしめていた。

Fin

特別書き下ろし番外編

小さな背中にでっかい夢を

リビングには、広げられたトラベル用キャリーバッグがふたつ。

四人分の衣類の詰め込みが終わり、中身の確認をしていると、パタパタと元気な足音がふたつ聞こえてきた。

「ママー、はみがきおわった！」

先頭で駆けてきたのは、来月四歳の誕生日を迎える凛人。

「おわったー！」

お兄ちゃんの後を追いかけ、オウム返しをしたのが凛人と年子で生まれた三歳の妹、莉乃亜だ。

遥さんと結婚して早五年。結婚式後すぐ、子宝に恵まれた。

凛人を産んでから間もなく莉乃亜の妊娠がわかり、遥さんと私は年子の子どもの親となった。

初めての出産と育児、その中で再びマタニティライフを送ることは想像以上に大変だった。

よちよち歩きの凛人に常に気を使いながら、自分のお腹は日に日に大きくなっていって……。

身重で、まだ動き始めの凛人を育ててこられたのは、遥さんがいつも気にかけ、妊娠中も出産後も全力でサポートしてくれたからだ。

私の妊娠が発覚してからは、何日も家を離れる国際線を担当することを控え、主に国内線の乗務についていた。

私の体調の変化にすぐに対応できるようにと、極力家にいて家事全般を進んでやってくれた。

遥さんが寄り添ってくれたおかげで、大変な時期も穏やかで健やかに過ごせてきたのだ。

凛人が幼稚園に入り、一年遅れて莉乃亜も入園すると、私も日中ひとりの時間をつくることができ、いろいろなことに余裕を持てるようになった。

「虫バイ菌、いなくなったかな？」

訊いてみると、ふたりは大きく口を開く。遥さんが磨いてくれた可愛い歯を見せてくれた。

「うん！　ふたりとも綺麗」

そんなやり取りをしていると、遥さんもリビングに戻ってくる。

「歯磨きありがとうございました」

「真白も荷物チェックありがとう。忘れているものはなさそう？」

「はい、もう閉めて大丈夫かと」

私の返事を聞いた遥さんが「オッケー」とキャリーバッグをたたんで閉める。荷物がまとまると、遥さんはふたつのキャリーバッグを両手に玄関へと運んでいった。

「ママー、あした、ひこうきのるんだよね？」

凛人がワクワクした調子で訊いてくる。抑えきれない気持ちのせいか、体を揺らして落ち着きがない。

「そうだよ。飛行機に乗って、沖縄っていうところに行くよ」

そう聞いた途端、凛人は「わーい！」とリビングを走りだす。莉乃亜もお兄ちゃんの真似をして後に続いた。

明日から三泊四日、家族四人で沖縄旅行に行くことになっている。

凛人と莉乃亜は生まれて初めての飛行機。

私は二度目の搭乗となる今回の沖縄旅行。

遥さんも機長ではなく乗客として搭乗する。

遥さんと結婚したばかりの頃、初めて大阪までの空の旅を経験した。あのときは一時間ほどのフライトだったけれど、沖縄までは三時間ほど。

久しぶりの飛行機は緊張もするけれど、子どもたちは初めての飛行機に喜んでいるし、今回は遥さんも客席に一緒だから家族揃って楽しい時間にしたい。

「ひこうきー、たのしみー！」

両手を広げて走り回っているのは、飛行機になったつもりなのだろう。

微笑ましくてくすっと笑う。

「ほらほら、楽しみなのはわかるけど、そろそろ寝るよ」

盛り上がるふたりに声をかける。

「ママの言う通りだぞ。寝坊したら、飛行機に乗れなくなるかもしれない」

遥さんの言葉で、凛人と莉乃亜の動きが止まる。

飛行機に乗れなくなる、が効いたのだろう。凛人は「ねるー！」とリビングから子ども部屋へと向かっていく。莉乃亜もその後に続いていった。

「飛行機乗れない、が効きましたね」

「そうみたいだな」

遥さんとふたり、くすっと笑い合う。

「ふたりの寝かしつけ、してきますね」

「ありがとう。俺は玄関の荷物、車に積んでくるよ」

「お願いします」

役割分担をし、私は子どもたちの後を追って子ども部屋へと向かった。


翌朝。

羽田空港発、沖縄、那覇空港行きの便は搭乗時刻が八時過ぎで、子どもたちは普段よりかなり早起きをした。

それでも楽しみな旅行ということもあり、ふたりとも寝覚めがよく朝の支度もスムーズだった。

遥さんの運転で羽田まで向かい、定刻通り搭乗手続きを済ます。

「真白！」

出発ロビーで待機していると、名前を呼ばれて振り返る。

薄ピンク色のブラウス、紺色のタイトスカートに、ピンク色のスカーフを巻いた制服姿の野々花が駆け寄ってきた。

「野々花！」

「やだー、久しぶりじゃん、元気？」

「うん、久しぶり！」

凛人を身ごもってから、妊娠後期でグランドスタッフの仕事を休職した。

出産育児が落ち着いたらまたグランドスタッフとして働きたいと思っていたけれど、その後すぐに莉乃亜を身ごもり復帰はまた遠のいた。

仕事を辞めてからも野々花とは定期的に連絡は取り合っていて、最後に会ったのは半年ほど前。遥さんが子どもたちを見てくれていて、野々花とランチに出かけた。

「なに、家族旅行？」

そう訊いた野々花は、遥さんに「お疲れ様です」と挨拶をし、子どもたちを見て「やだ、この間より大きくなってるー」なんて言う。

「うん、この後の沖縄行きで。早番？」

「そう、早番。いいタイミングだった、お見送りできるじゃん。楽しんできてね」

野々花に見送られ、いよいよ飛行機への搭乗時刻となる。

ボーディングブリッジに差しかかると、私と手を繋いでいる凛人が「ここなに？トンネルー？」と訊く。

確かにトンネルみたいな感じだ。

「凜人、これは、飛行機までの橋なんだ」

「はしー？」

「ここを通ったら、飛行機に乗るぞ」

遥さんの説明に凜人の足取りが弾む。

莉乃亜は遥さんに抱かれていて、「ひこうきー！」と目をキラキラさせた。

「俺も、乗客として搭乗するのは久しぶりだな」

「確かに、そうですよね」

ほとんど毎日のように飛行機に乗っている遥さんだけど、客室で搭乗するのは久々のこと。普段と違って新鮮なのかもしれない。

私も、数年ぶりの空の旅。今日は子どもたちも一緒だし落ち着いて過ごしたい。

凜人は機内に入ると、キョロキョロと周囲を観察している。

「ママ、凜人はどこにすわるのー？」

「凜人はね……あ、ここの席だよ」

遥さんがとってくれたのは、後方窓際の席。外も見え、比較的通路も広々としていておむつ替えのできるお手洗いも近い。

周囲には我が家と同じくらいの子どもを連れた家族も何組かいて、もし少し騒がしくしてしまってもお互い様という雰囲気になりそうだ。

《お客様にご案内いたします。お手荷物は上部の荷物入れをご利用ください。また、扉をしっかりとお閉めいただかないと頭上のお荷物が落下するおそれがございます——》

出発前のアナウンスが入り、子どもたちを挟んで座席にかける。

「真白、大丈夫か」

「え……？」

「怖くないか？」

なにを訊かれたのかと思えば、遥さんは私の心配をしてくれている。

高所恐怖症の私が初めて遥さんの操縦する飛行機に乗るときもギリギリまで気にかけてくれていた。

結婚して五年、今も変わらず気遣ってもらっている。

子どもたちのこともある中で、私のことまで気にかけてくれているなんて嬉しい。

「大丈夫です」

私の返事に遥さんは「そうか」と微笑む。

「なにかあれば遠慮なく言うんだ」

「わかりました。ありがとうございます」

ついにこにこと顔が緩んでしまう。

そんな私にお構いなしに、凛人が「ママー!」と私を呼んだ。

「ひこうき、もうとぶの? いつとぶの?」

「もうすぐだよ」

そう答えたタイミングでちょうど扉が閉まったというアナウンスが入る。

遥さんが「そろそろ出発だ」と子どもたちに言った。

客室乗務員から離陸前のアナウンスが入り、非常用設備の説明が流れる。

いよいよ機体が動き出し、凛人が「うごいた!」と歓喜の声を上げた。

《皆様、この飛行機は間もなく離陸いたします。シートベルトをもう一度お確かめください。また、ベルトサイン点灯中は、お膝の上のお子様をしっかりとお抱きくださいー―》

滑走路を進み始めると、凛人が遥さんを「パパ?」と見上げた。

「ひこうきはどうやってうんてんするの?」

単純に疑問に思ったのだろう。

今までは遥さんがパイロットだと聞いていても、特にこういう質問はしたことがなかった凛人だけど、実際こうして飛行機に乗ってみて気になったのかもしれない。

「この飛行機の先頭に、運転席があるんだ。コックピットっていう」

「こっくぴっと?」

凛人の言い慣れていない〝コックピット〟が可愛い。

「ああ。そこで、パパみたいなパイロットが何人かで飛行機を操縦する」

「そうじゅう?」

「そう、飛行機を運転すること。今は、飛行機が飛んでいける風かを教えてもらって、これから飛行機がどんどん速く走りだす」

遥さんの説明通り、機体が徐々に加速を始める。

「take off……」

離陸と同時、遥さんの口からは実際にコックピットで口にしているであろう言葉が出る。

思わず彼に目を向けると、真剣な眼差しで窓の外に視線を送っていてどきりとした。

無事に機体が上空に上がっていくと「Good day」と呟く。

私にはその真剣な顔つきが、まるでコックピット内の遥さんを見ているかのように映っていた。

「パパ！　うかんだ？」

「ああ、もう空に向かって飛び立った」

凛人は「わー！」と歓声を上げる。莉乃亜も両手をパチパチと叩いてみせた。

「無事、沖縄に向けて出発だ」

嬉しそうな子どもたちを間に挟み、三時間ほどの沖縄までのフライトは快適で楽しい空の旅となった。


沖縄旅行初日は、那覇空港から車で移動しフルーツパークへ立ち寄った。

梅雨明け後、七月下旬の沖縄。

今回の旅行は事前に子どもたちにどんなところに行きたいかガイドブックを見てもらい、ふたりが行ってみたいと言ったところに行く計画を遥さんと立てていた。

フルーツパークでは、園内を周回するアトラクションに乗ってたくさんのフルーツを見たり、実際に食べたりして楽しんだ。

その後は、この旅で滞在する名護市のホテルに移動。早めのチェックインをして、ホテル内のプールで子どもたちを遊ばせた。

遥さんが今回用意してくれたのは、ＪＳＡＬが運営するリゾートホテル。沖縄で一番のラグジュアリーホテルと名が高く、今回滞在を楽しみにしていた。

美しい海を目の前にしたホテルは、マリンアクティビティなどが楽しめたり、施設内の設備も充実していて、出かけなくても一日楽しめてしまうほど。

今日はプール後、ホテル内のレストランで食事をし、遥さんに勧められてひとりホテル内のスパへ行ってきた。極上のリラクゼーションエステの施術をしてもらって、贅沢な癒やしの時間にうっとりだった。

「子どもたちの寝かしつけ、ありがとうございました」

部屋に戻ると、私がスパに出る前見送ってくれた子どもたちは可愛い寝顔で並んでいた。

「ふたりとも、今日は初めてのことばかりで疲れたんだろう。ベッドに入ったらあっという間に寝たよ」

「そうですか。飛行機にも乗って、一日たくさん遊びましたからね」

ベッドルームを出てリビングルームに向かう。海の望める大きなバルコニーの前、ソファ席には遥さんが飲んでいたワインが置かれていた。

ホテル周辺のビーチは煌びやかにライトアップされ、バルコニーに出て夜の海を眺める。

「まだ三日もここにいられるなんて」

ついそんな言葉が漏れてしまう。

充実した初日はあっという間の時間だった。

「初めての沖縄はどうだ」

「はい、最高です。明日も明後日も、みんなで楽しく過ごしたいですね」

旅行が決まってから今日の日を楽しみにしていたけれど、きっと非日常で幸せな時間はあっという間に過ぎ去ってしまうのだろう。

だからこそ、一分一秒を大切に過ごしたい。

「そうだな、たくさん思い出を作ろう」

「そうですね」

遥さんが私の肩に腕を回し引き寄せる。笑い合って再びライトアップされるビーチを眺めた。

「なんか、いい香りがするな」

「え？」

不意に遥さんが私の首元に顔を寄せる。

きっと、今施術してもらったエステのオイルマッサージだ。

「今行ってきたリラクゼーションエステで、ローズのオイルを使ってマッサージしてもらいまして。その香りかと……」

遥さんが首元からデコルテをくんくんしてきて、突然の行動にドキドキしてしまう。

「そうか、それと真白の匂いが混ざってこんないい香りなんだ」

「私の匂い？」

「そ、俺の好きな真白からする柔らかい匂い」

そんな言葉をかけられたことは初めてで、ますます鼓動の高鳴りは増していく。こんなに近くにいるから、心臓の音が聞こえていそうだ。

「エステは楽しめた？」

「はい！　すっごくよかったです。こんな贅沢させてもらって、ありがとうございました。すべすべになりましたよ」

自分で腕や肩を撫でてみても、普段よりつるつるしているのがわかる。

遥さんは同じように私の肩から腕に指を滑らせた。

「じゃあ、すべすべの真白を堪能させてもらおうかな」

目の前で綺麗な顔が微笑を浮かべ、ゆっくりと近づく。そっと包み込むように唇を食（は）まれた。

「いいですよ」

目を閉じて口づけに応じ、遥さんの広い背中に手を回す。

「ベッドへ行こう」

わずかに離れた唇の隙間から、遥さんの甘い誘いが聞こえた。


九月に入っても残暑厳しい中、今日は凛人と莉乃亜を連れて羽田空港を訪れている。

沖縄旅行後、凛人が以前より飛行機が大好きになり、遥さんがパイロットの仕事をしていることにも興味を持つようになった。

初めて空の旅を体験し、より飛行機を、そして遥さんの仕事を身近に感じて、もっと知りたいと思ったのだろう。最近は航空関係の動画を観たり、遥さんから飛行機やパイロットの話を聞いたりしている。

「パパくるかな」

今日はこれからシンガポール便に乗務する遥さんを、子どもたちと三人で見送ろうと空港にやってきた。

凛人が機長として働くパパを見たいと熱望し、遥さんから空港に来てもいいとお許しをもらったのだ。

今朝、遥さんを見送る凛人は、『パパ、いくからね！』と嬉しそうに言っていた。出かけるまでの時間も、『ママ、まだいかない？』と何度も訊かれたくらいだ。

出発ロビーは今日も多くの人で賑わっている。

その中でひと際目立つ制服の集団が目に入った。

グランドスタッフとして働き、遥さんと偽装夫婦として関係を始めた頃、この光景に胸をときめかせたことを思い出して懐かしくなる。

キャリーバッグを引いて颯爽（さっそう）と歩く長身の制服姿。精悍（せいかん）な顔立ちはフライトを前に真剣な面持ちで、行き交う人を惹きつける。

その凛とした姿に声をかける勇気が一気に消失してしまった私を前に、凛人は「パパー！」と遥さんを呼ぶ。

莉乃亜も兄の声でパパに気づき、真似をして「パパー！」と声を上げた。

「凛人、莉乃亜、パパお仕事中だから、邪魔しちゃ――」

声をかけたところで、遥さんが私たちに気づいてこちらを見る。

彼は優しい笑みを浮かべて子どもたちに手を振ってくれ、パイロットから一瞬だけパパの顔になったその姿に胸がきゅんと震えた。

子どもたちと三人、立ち去っていく乗務員たちを見送る。

「パパー！　いってらっしゃーい！」

「いってらっしゃーい！」

遥さんの姿が見えなくなると、腰を落としてふたりの手を取る。

「パパが操縦する飛行機、よく見えるところに行って見送ろうか」

「うん、いく！」と手を握り返してくれたふたりを連れ、展望デッキへと向かった。

九月上旬の展望デッキはまだまだ暑さが厳しく、子どもたちには外に出る前に水分をしっかり摂らせ帽子を被せた。私も持ってきた日傘を差す。

滑走路が見渡せるいい場所を見つけると、子どもたちは並んでフェンスに両手をかけた。

「凛人、あそこに停まってるのがパパがこれから操縦する飛行機だよ」

「どれどれ？」と訊く凛人に指をさして示す。

遥さんの乗務するシンガポール行きのジェット機がわかった凛人は、黙ってその機体を見つめた。

乗客が乗り込み終わった機体から、ボーディングブリッジは離されていく。

ふたりが遥さんを見送る微笑ましい後ろ姿を、こっそりスマートフォンで撮影する。

向こうに到着して遥さんが見られるように、そのままメッセージアプリ経由で送信した。

「あ、凛人、莉乃亜、パパの飛行機、動いたよ」

そうこうしているうち、機体がゆっくりと動き出した。

私も子どもたちと同様にフェンスに沿って遥さんの操縦する飛行機を見つめる。

ふと、凛人を見下ろすと、瞬きを忘れたようにじっとその動きを追っていた。

この真剣な表情も残しておきたいと思い、慌ててスマートフォンのカメラを起動する。凛人の横顔も追加で撮影し、視線を戻すとジェット機は滑走路へと入っていくところだった。

「飛行機、速く走りだすよ」

三人揃って、もうすぐ離陸を始めるジェット機を見つめる。

ふわっと車輪が宙に浮き、頭の中で沖縄旅行の機内での遥さんが蘇る。

「take off……」

耳の中であのときの声が蘇り、今この瞬間そう口にしていると思うと同じように呟いていた。

「とんでいったー！」

莉乃亜の声でハッとし、無事に地上から旅立っていったジャンボ機に釘付けになった。

「行ってらっしゃい」

グランドスタッフとして働いていた頃と同じように、大空に飛んでいく飛行機を見送る。

ふととなりにいる凛人に目を向けると、ひとり声も上げず真っ直ぐな視線で遥さんのジェット機を見つめていた。

九月下旬の水曜日。

「では、九月のお誕生日のお友達をみんなで呼んでみましょう！　年少組さんからです。せーの！」

先生の掛け声で、ホール内の床でクラスごとに座っている子どもたちが「年少さーん！」と声を揃えて呼びかける。

今月の誕生日の子どもたちが一番下の学年から順にホールへ入場してくる。

みんな頭には先生たちが作った折り紙の王冠をかぶっている。

「そろそろだな」

「ですね」

遥さんがビデオをスタンバイする。

幼稚園では毎月、誕生日を迎える子どもたちの保護者を招待して祝ってくれる〝お誕生日会〟という行事がある。

今日は九月生まれの誕生日会で、九月に生まれた凛人の誕生日を祝うということで幼稚園から招待状をもらっていた。

年少クラスの園児席には莉乃亜がいて、遥さんと私に気づいて手を振っている。

続々と今月誕生日の園児たちが入場してきて、いよいよ年中組の凛人の番が近づく。

遥さんがビデオの録画をスタートすると、ちょうど入場口から凛人が張り切った行進で入場してきた。

私たちの姿に気づくと、にこりと笑って手を振ってくる。

嬉しくなって手を振り返した。

サスペンダー付きのチェックの半ズボンにブラウス。去年は着られている感があった制服も、今ではしっかり決まっている。

誕生日会の主役である九月生まれの子どもたちが壇上に上がり、用意された椅子に腰を下ろしていく。

入場が終わると園長先生の話があり、学年ごとにひとりずつ前に出て発表をする。

年少組から始まり、みんな好きな食べ物を発表していく。

「こう見ると、一年前から比べて凛人も大きくなったな」

壇上の席で自分の発表を待つ姿は、確かに一年前から比べて大きく逞しい。

こうやって一年ずつ気づかぬうちに成長していくのかと思うと、嬉しくもあり寂しい気持ちもある。

いつまでも小さい赤ちゃんのような子どもたちでいてほしいなんて思う反面、立派に大きくなっていってほしいとも願う複雑でわがままな思いだ。

「そうですね。大きくなりましたね」

年少の発表が終わり、年中組の番となる。

「続いて、年中組さんです。さくら組、高坂凛人くん」

先生に名前を呼ばれると、凛人は元気よく「はい！」と手を上げて返事をし、前へと出てくる。

マイクの前に立つと、遥さんと私が見ているほうへ視線を寄越した。

「おおきくなったら、パパみたいなひこうきのパイロットになって、パパとママをのせてそらをとびたいです！」

はっきりとした声でそう発表した凛人へ、盛大な拍手が送られる。

思わず涙腺が崩壊しかけて、目に涙が浮かんだ。

凛人がそんな将来の夢を発表するなんて、思いもしなかった。

ハンカチで目頭を押さえた私に、となりの遥さんが「真白」と優しく声をかける。

目が合うと、遥さんも感動したのか目尻を下げて微笑んでいた。

子どもたちの発表が終わると、園児による合唱や先生たちの出し物などがホールで催され、その後は各教室に移動してバースデーランチの時間となる。

遥さんと共に凛人のクラスに向かうと、凛人をはじめクラスの子どもたちが歓迎してくれた。

子どもたちが給食の準備をする間、教室の後ろでその様子を見守る。

何気なく見回した教室内の壁に飾ってある子どもたちの絵に目が留まり、引き寄せられるように近づいていた。

そこにあったのは、クレヨンで描かれた真っ青な空と、その中を飛んでいく飛行機。

絵の下には〝こうさかりひと〟と凛人の名前がある。

「遥さん、見て」

思わず近くにいる遥さんを手招きしたけれど、遥さんもすでに気づいていたようで凛人の絵を見ていた。

「凛人は、俺の子でもあるけど、やっぱり真白が産んだ子だなって、この絵を見て思った」

私が空と飛行機を描き始めたのは、凛人くらいのときだったかもしれない。

「そうですね。私たちの、大切な子」

大きな夢を持って、これから立派に成長してほしい。

賑やかな声が飛び交う教室の中で、遥さんと私はきっと同じ想いを抱いて凛人の絵を眺めていた。

Happy End

あとがき

ここまでお読みいただきありがとうございます、未華空央です。

この度は『孤高なパイロットはウブな偽り妻を溺愛攻略中～ニセ婚夫婦⁉～』をお手に取っていただき、このあとがきを読んでくださりありがとうございます。

今作は久しぶりに航空業界を舞台にしたお話を書かせていただきました。

空と飛行機が好きなヒロインと、機長ヒーローの偽装結婚から始まるお話、お楽しみいただけましたら幸いです。

また、作中に出てきました『ＪＳＡＬ』という社名を目にして、あれ？とお気づきになってくださった読者様もいらっしゃるかと思います。

以前、ベリーズ文庫様より刊行いただきました『契約結婚ですが、極上パイロットの溺愛が始まりました』のヒーローが勤めていた航空会社を舞台に、今作を書かせていただきました。

途中、懐かしい人物も登場したので、前作をお読みくださっている方には

〝おっ！〟というシーンもあったかと思います。

こうした作品のリンクは書いている私も非常に楽しく、今後もまた書いていけたらいいなと思っております！


今作を刊行していただくにあたり大変お世話になりました、ベリーズ文庫編集部様、作品執筆の段階から親身になっていただき、大変お世話になりました。

素敵なヒロインヒーローを描いてくださいました、うすくち先生。デザイナー様、印刷関係、販売部の皆様。本作に携わってくださいました、すべての皆様に感謝申し上げます。

二〇〇九年に作家デビューをし、今年でありがたいことに十五周年を迎えました。

今もこうして作品を世に出していただけることは、読者様をはじめ、多くの方のお力添えがあるからです。本当にありがとうございます。

今後も、楽しんでいただける作品を、私自身も楽しみながら書いていきたいと思います。

未華空央（みはなそらお）

未華空央先生への
ファンレターのあて先

〒104-0031
東京都中央区京橋1-3-1
八重洲口大栄ビル7F
スターツ出版株式会社　書籍編集部　気付

未華空央先生

本書へのご意見をお聞かせください

お買い上げいただき、ありがとうございます。
今後の編集の参考にさせていただきますので、
アンケートにお答えいただければ幸いです。

下記URLまたは二次元コードから
アンケートページへお入りください。
https://www.ozmall.co.jp/enquete/IndexTalkappi.aspx?id=2301

孤高なパイロットはウブな偽り妻を溺愛攻略中
～ニセ婚夫婦!?～

2024年12月10日　初版第1刷発行

著　者　未華空央

発行人　菊地修一
デザイン　カバー　ナルティス
フォーマット　hive & co.,ltd.
校　正　株式会社文字工房燦光
発行所　スターツ出版株式会社
〒104-0031
東京都中央区京橋1-3-1　八重洲口大栄ビル7F
TEL　03-6202-0386（出版マーケティンググループ）
TEL　050-5538-5679（書店様向けご注文専用ダイヤル）
URL　https://starts-pub.jp/
印刷所　大日本印刷株式会社

Printed in Japan

ISBN 978-4-8137-1671-6　C0193

ベリーズ文庫　2024年12月発売

『覇王な辣腕CEOは取り戻した妻に熱烈愛を貫く【大富豪シリーズ】』紅カオル・著

香奈は高校生の頃とあるパーティーで大学生の海里と出会う。以来、優秀で男らしい彼に惹かれてゆくが、ある一件により、海里は自分に好意がないと知る。そのまま彼は急遽渡米することとなり──。9年後、偶然再会するとなんと海里からお見合いの申し入れが!?　彼の一途な熱情愛は高まるばかりで…！

ISBN 978-4-8137-1669-3／定価781円（本体710円＋税10%）

『双子の姉の身代わりで嫁いだらクールな氷壁御曹司に激愛で迫られています』若菜モモ・著

父亡きあと、ひとりで家業を切り盛りしていた優羽。ある日、生き別れた母から姉の代わりに大企業の御曹司・玲哉とのお見合いを相談される。ダメもとで向かうと予想外に即結婚が決定して!?　クールで近寄りがたい玲哉。愛のない結婚生活になるかと思いきや、痺れるほど甘い溺愛を刻まれて…！

ISBN 978-4-8137-1670-9／定価781円（本体710円＋税10%）

『孤高なパイロットはウブな偽り妻を溺愛攻略中～ニセ婚夫婦!?～』未華空央・著

空港で働く真白はパイロット・遥がCAに絡まれているところを目撃。静かに立ち去ろうとした時、彼に捕まり「彼女と結婚する」と言われて!?　そのまま半ば強引に妻のフリをすることになるが、クールな遥の甘やかな独占欲が徐々に昂って…。「俺のものにしたい」ありったけの溺愛を刻み込まれ…！

ISBN 978-4-8137-1671-6／定価770円（本体700円＋税10%）

『俺の妻に手を出すな～離婚前提なのに、御曹司の独占愛が爆発して～』惣領莉沙・著

亡き父の遺した食堂で働く里穂。ある日常連客で妹の上司でもある御曹司・蒼真から突然求婚される！　執拗な見合い話から逃れたい彼は1年限定の結婚を持ち掛けた。妹にこれ以上心配をかけたくないと契約妻になった里穂だったが──「誰にも見せずに独り占めしたい」蒼真の容赦ない溺愛が溢れ出して…!?

ISBN 978-4-8137-1672-3／定価792円（本体720円＋税10%）

『策士なエリート御曹司は最愛妻を溢れる執愛で囲う』きたみ まゆ・著

日本料理店を営む穂香は、あるきっかけで御曹司の悠希と同居を始める。悠希に惹かれていく穂香だが、ある日父親から「穂香との結婚を条件に知り合いが店の融資をしてくれる」との連絡が。父のためにとお見合いに向かうと、そこに悠希が現れて!?　しかも彼の溺愛猛攻は止まらず、甘さを増すばかりで…！

ISBN 978-4-8137-1673-0／定価770円（本体700円＋税10%）

ベリーズ文庫　2024年12月発売

『別れた警視正パパに見つかって情熱愛に捕まりました』森野(もりの)りも・著

花屋で働く佳純。密かに思いを寄せていた常連客のクールな警視正・瞬と交際が始まり幸せな日々を送っていた。そんなある日、とある女性に彼と別れるよう脅される。同じ頃に妊娠が発覚するも、やむをえず彼との別れを決意。数年後、一人で子育てに奮闘していると瞬が現れる！　熱い溺愛にベビーごと包まれて…！

ISBN 978-4-8137-1674-7／定価781円（本体710円＋税10%）

『天才脳外科医はママになった政略妻に2度目の愛を誓う』白亜凛(はくありん)・著

総合病院の娘である莉子は、外科医の啓介と政略結婚をし、順調な日々を送っていた。しかしある日、莉子の前に啓介の本命と名乗る女性が現れる。啓介との離婚を決めた莉子は彼との子を極秘出産し、「別の人との子を産んだ」と嘘の理由で別れを告げるが、啓介の独占欲に火をつけてしまい――!?

ISBN 978-4-8137-1675-4／定価781円（本体710円＋税10%）

『塩対応な魔法騎士のお世話係はじめました。ただの出稼ぎ令嬢なのに、重めの愛を注がれてます!?』瑞希(みずき)ちこ・著

出稼ぎ令嬢のフィリスは世話焼きな性格を買われ、超優秀だが性格にやや難ありの魔法騎士・リベルトの専属侍女として働くことに！　冷たい態度だった彼とも徐々に打ち解けてひと安心…と思ったら「一生俺のそばにいてくれ」――いつの間にか彼の重めな独占欲に火をつけてしまい、溺愛猛攻が始まって!?

ISBN 978-4-8137-1676-1／定価781円（本体710円＋税10%）

ベリーズ文庫 2025年1月発売予定

Now Printing

『溺愛致死量』

佐倉伊織（さくらいおり）・著

製薬会社で働く香乃子には秘密がある。それは、同じ課の後輩・御堂と極秘結婚していること！　彼は会社では従順な後輩を装っているけれど、家ではドSな旦那様。実は御曹司でもある彼はいつも余裕たっぷりに香乃子を翻弄し激愛を注いでくる。一見幸せな毎日だけど、この結婚にはある契約が絡んでいて…!?

ISBN 978-4-8137-1684-6／予価770円（本体700円+税10%）

Now Printing

『タイトル未定（海上自衛官）【自衛官シリーズ】』

皐月（さつき）なおみ・著

横須賀の小さなレストランで働き始めた芽衣。そこで海上自衛官・晃輝と出会う。無口だけれどなぜか居心地のいい彼に惹かれるが、芽衣はあるトラウマから彼と距離を置くことを決意。しかし彼の深く限りない愛が溢れ出し…「俺のこの気持ちは一生変わらない」――運命の歯車が回り出す純愛ラブストーリー！

ISBN 978-4-8137-1685-3／予価770円（本体700円+税10%）

Now Printing

『御曹司様、あなたの子ではありません！～双子ベビーがパパそっくりで隠し子になりませんでした～』

伊月（いづき）ジュイ・著

双子のシングルマザーである楓は育児と仕事に一生懸命。子どもたちと海に出かけたある日、かつての恋人で許嫁だった皇樹と再会。彼の将来を思って内緒で産み育てていたのに――「相当あきらめが悪いけど、言わせてくれ。今も昔も愛しているのは君だけだ」と皇樹の一途な溺愛は加速するばかりで…!?

ISBN 978-4-8137-1686-0／予価770円（本体700円+税10%）

Now Printing

『本日で人妻を終了させていただきます！～冷徹御曹司は政略結婚の妻を溺愛したい』

華藤（かとう）りえ・著

名家ながら没落の一途をたどる沙織の実家。ある日、ビジネスのため歴史ある家名が欲しいという大企業の社長・瑛士に一億円で「買われる」ことに。愛なき結婚が始まるも、お飾り妻としての生活にふと疑問を抱く。自立して一億円も返済しようとついに沙織は離婚を宣言！　するとなぜか彼の溺愛猛攻が始まって!?

ISBN978-4-8137-1687-7／予価770円（本体700円+税10%）

Now Printing

『この恋は演技』

冬野（とうの）まゆ・著

地味で真面目な会社員の紗奈。ある日、親友に頼まれ彼女に扮してお見合いに行くと相手の男に襲われそうに。助けてくれたのは、勤め先の御曹司・悠吾だった！紗奈の演技力を買った彼に、望まない縁談を避けるためにと契約妻を依頼され!?見返りありの愛なき結婚が始まるも、次第に悠吾の熱情が露わになって…。

ISBN 978-4-8137-1688-4／予価770円（本体700円+税10%）

タイトル、価格等は変更になることがございますのでご了承ください。

ベリーズ文庫 2025年1月発売予定

Now Printing

『私、今度こそあなたに食べられません!~戻ってきた俺様幼馴染ドクターと危ない同棲生活~』 泉野(いずみの)あおい・著

大学で働く来実はある日、ボストンから帰国した幼なじみで外科医の修と再会する。過去の恋愛での苦い思い出がある来実は、元カレでもある修を避け続けるけれど、修は諦めないどころか、結婚宣言までしてきて…⁉　彼の溺愛猛攻は止まらず、来実は再び修にとろとろに溶かされていき…!

ISBN 978-4-8137-1689-1／予価770円（本体700円+税10%）

Now Printing

『クールなエリート外交官の独占欲に火がついて~交際0日な私たちの幸せ演技婚~』 朝永(ともなが)ゆうり・著

駅員として働く映茉はある日、仕事でトラブルに見舞われる。焦る映茉を助けてくれたのは、同じ高校に通っていて、今は外交官の祐駕だった。映茉が「お礼になんでもする」と伝えると、彼は縁談を断るための偽装結婚を提案してきて⁉
夫婦のフリをしているはずが、祐駕の視線は徐々に熱を孕んでいき…⁉

ISBN 978-4-8137-1690-7／予価770円（本体700円+税10%）

Now Printing

『ベリーズ文庫溺愛アンソロジー』

人気作家がお届けする〈極甘な結婚〉をテーマにした溺愛アンソロジー!　第1弾は「葉月りゅう×年下御曹司とのシークレットベビー」、「宝月なごみ×極上ドクターとの再会愛」、「櫻御ゆあ×冷徹御曹司の独占欲で囲われる契約結婚」の3作を収録。スパダリの甘やかな独占欲に満たされる、極上ラブストーリー!

ISBN 978-4-8137-1691-4／予価770円（本体700円+税10%）

タイトル、価格等は変更になることがございますのでご了承ください。